運命《さだめ》という未来

自選１７１句の私小説

須能紀文

運命《さだめ》という未来

自選171句の私小説

運命《さだめ》という未来　目次

ブック&カバーデザイン
カバー&本文中の油彩画／須能紀文

運命《さだめ》という未来

私は決して障害に屈しない。いかなる障害も
私の中の強い決意を生み出すまでだ。
レオナルド・ダ・ヴィンチ

序章　幼い命に試練あり

立春や半死の赤子八十路踏む

2021年2月5日に傘寿を迎えた。

茨城県下妻町（現・下妻市）で生まれた。厳寒の節分の翌日、立春の夜だったと聞く。産後の大出血で母の命が危うかった。助産婦の手に負えず、父が医者を呼びに夜中の街を走る、緊急事態だったという。

皆が母の救命に追われ、赤子は暫くお包みのまま置かれた状態で血の気を失い、あわやという時に救われたのだと聞く。母子共に九死に一生を得た。節分の豆撒き行事の夜には、誕生の裏話としてよく聞かされたものだった。

自分にとって、原初的な記憶は全て太平洋戦争と結びついている。米軍のB29爆撃機の重々しいエンジン音、空襲警報のサイレンの音、空襲で真っ赤に染まる遥かな夜空、防空頭巾姿の母に背負われた灯火管制下の暗い部屋、避難した防空壕の中などなど――。

当時は父が勤める関東配電（現・東京電力）下妻変電所の社宅に住んでいた。1945年8月の終戦時は4歳6ヶ月だった。その歳の前後の記憶が幼時の記憶の全てのように思える。音と光の記憶はことさら残りやすいのかもしれない。

戦争に関連しない数少ない記憶のひとつは、社宅の裏の神社の欅の木に山鳩が来て鳴くと、出窓によじ上って格子を掴み、その鳴き声を真似ていたことだ。〝ドデッポポッポー、ドデッポポッポー〟と、飽きもせず声を上げていた自分の姿を今でも思い浮かべることが出来る。その頃から鳥が好きだったようだ。

1988年、47歳の時に誘われて俳句を始めた。興味はあったが、それまできっかけがなかった。「粗々会《あらあらかい》」というマスコミ関係者の多い俳句の会だった。最初の句会で俳号を決めるよう求められた。節分生まれからその韻を踏み、姓の読みのスノウは英語で雪なので雪を、名前から〝文〟の一文字を取って「雪文（せつぶん）」とした。その発想の裏には節分の翌夜の誕生時の顚末があった。

その後、2ヶ月ごとに開かれた句会のたびに、兼題という「宿題」をもとに数句を作って出席、次第に俳句の世界に馴染んでいくことになった。

母の背の空襲警報鰯雲

幼児の記憶は何歳頃から残るものなのか。

2歳の時に「膿胸」(胸膜の化膿性炎症)で死の危機があったと後々聞かされた。母は下妻から上京して巣鴨の『とげぬき地蔵』へ快癒祈願に赴き、授かったお守りを飲み下したと言う。誕生の時、そして2歳と死の危機が続いた。

終戦の年には何度か空襲警報で防空壕に入った記憶がある。宇都宮方面の爆撃に向かう途上の米軍機から、時に気まぐれな機銃掃射を受けたとも聞いた。防空壕は変電所の設備で敷地の一角にあった。所員と家族のためのものだった。

空襲警報のサイレンが鳴ると防空頭巾を被らされ、灯火管制下の暗い社宅の部屋からすぐ近くにあった防空壕へと避難した。狭い階段を降りると小さな土壁の一部屋があった。その程度の記憶は残っている。だが、警報が解除された後、防空壕から出る時とその後の記憶はない。幼児の記憶のメカニズムは興味深い。

母の背で空襲警報のサイレン音を聞いた記憶もある。医者通いが続いていたという膿胸の時の記憶ではなく、警報のサイレン音が増えた終戦間近な頃の記憶だったに違いない。何故なら、2歳の時に患った膿胸の記憶は全く無い。毎日、太い注射器で胸膜腔内に溜まった膿を抜くと洗面器に驚くほど多量の膿が出続けたという。なかなか膿が止まらず神頼みの状態だったことは母の話から推測出来た。痛く苦しい思いをしたに違いないがそんな記憶はひとかけらも残っていない。

その病跡は後々目にすることになる。学校の健康診断で撮られたレントゲン写真でだった。燕尾服形の右肺の下部5分の1ほどが無い。はっきりと認めることが出来る。少年時代も成人してからも、肺の変形以外後遺症のようなものは全く無かった。日常生活には何の影響もなく、変形した肺を意識したことも無かった。

反対に良いことはあった。意識することなく自然に〝腹式呼吸〟になっていたこと。膿胸の結果だと思っている。〝腹式呼吸〟はあたりまえのもので、誰もがそうなのだと30代になるまで呑気に思っていた。

ある時、「腹式呼吸」を推奨する医師の話を聞き、敢えて意識してやらないと得られない呼吸法だと知った。ちょっと嬉しい驚きだった。

小児の時の大病は健康に通じると言われる。今に残るダメージが無かったのは幸いだったが、幼児にとっては厳しい生への試練だったことは間違いない。

第一章　少年は田舎を愛す

生涯の四月の光金ボタン

１９４７年、小学校入学直後に転校生になった。電気技師の父の転勤で、下妻の変電所から結城の変電所社宅に引っ越ししたためだった。

引越しの日のことで特に記憶している情景がある。荷を運んだトラックの運転手が、荷台の片隅にある円筒形の〝窯〟に薪を投げ込み、鉄棒で中をかき混ぜている姿だ。〝窯〟から煙を上げる自動車が奇妙に見えたのだろう。田舎ではまだ荷馬車が当たり前に走っていた時代だった。

改めて「木炭自動車」を調べてみると、１９１０年から１９４０年代にかけて広く用いられていたと知る。ガソリン不足の時代に対応して生まれたようだ。構造は、木炭ガスの発生装置で燃料を不完全燃焼させ、発生した一酸化炭素ガスを燃料にして車を走らせるというもの。燃料は、木炭以外に、薪、石炭、コークスなども用いられたとか。荷台の隅にあった〝窯〟は、正確には〝車載発生炉〟というものだと知る。運転手が燃料の薪を炉に投げ込み、長い鉄棒で炉の中を掻き混ぜて燃焼を促す。その時、荷台の炉からモクモクと煙が立つ。その情景が奇妙で興味深いものだったので特に記憶に残ったのかもしれない。

転校後に撮られたクラス全員の記念写真も時代がかっている。新入生と言えば金ボタンに詰襟の制服のイメージ。だが、太平洋戦争が終わって2、3年頃のこと、セピア色に変色した記念写真を見ると服装はまちまちで、今なら古着を通り越している。見事に戦後の貧しさを象徴する記録写真にもなっている。

転校のタイミングが悪かった。遅ればせながらやって来た小柄な、しかもクラスでただひとりの坊ちゃん刈りの転校生は、早速いじめの対象にされてしまった。そんな転校間もないある日、担任の先生から坊主頭にするように勧められた。いじめ対策だったかもしれない。勧められるままにすぐ坊主頭にしなかったことは、そのエピソードをよく覚えていることが物語っている。

金ボタンが光る詰襟姿の新入生といえば、中学に入学した時に、同様に高校に入学した姉と一緒に撮った白黒の記念写真がある。変色しているとは言え、詰襟服の金ボタンのピカピカ感はいまだに感じとることが出来る。

蝉時雨渡里伝説父の郷

蜩の声はいつもながら幼少期の記憶を呼び戻す。

父の郷里は水戸の郊外にあり、現在は堀町だが1955年に水戸市に合併されるまでは渡里村《わたりむら》といった。父の長兄一家が住んでいた。蜩の声を聞くと、父の実家で聞いた夕暮れの蝉時雨が音の記憶となって蘇る。

今になって思うと、父と行ったのはお盆の時がほとんどだったような気がする。蜩の声と共に、たくさんの盆提灯が飾られた部屋の情景が重なって蘇るからだ。

父の実家は農家で、当時の家の造りが興味深かった。母屋に入るとすぐ右手の角が厩舎で、牛馬が一つ屋根の下に住む構造だった。踏み固められて光る広い土間には、煮炊きをする竈が三つ並んでいた。トイレは庭を横切った一角にあり、風呂は母屋の裏手に隣接してあった。

家の前庭の先は隣地との境界が分からないほど広い畑地が拓けていた。結城の社宅住まいとは生活様式が全く違っていて興味深かった。裏の隣家はかなり離れていて、その間には背の高い木々が聳える林があった。そこが蝉たちの住処で、夕暮れ時になると、うるさいほどの蜩の声が沸き起こった。今になって思うと、柳田國男の民俗学の世界である。

父の実家へは郷里の結城から水戸線で赤塚駅まで行き、茨城鉄道（1971年全線廃止）に乗り換えて無人の堀駅で降りる。季節が良い時は赤塚駅から歩いた。時には途中にある先祖の墓に立ち寄ることもあった。墓地では父の郷里以外では珍しいと言われる「須能」姓が数多く目に付いた。それが印象的だった。

珍しいと言われるとその出自が気になるものだ。父親たちの世代は、代々自分たちの先祖は栃木の那須領から渡ってきた、と言い伝えられていたという。

ある時、父の従兄弟たちがそのルーツ調べに乗り出した。その結果は、あの壇ノ浦の戦いで扇を射落とした那須与一《なすのよいち》の第21代目、下野国の戦国大名那須資晴《なすすけはる》の係累にあり、一族間の係争から資晴の愛妾の子ら5人一族が那須領を逃れ、辿り着いたのが父の郷里の地だったというもの。〝渡里〟という名が推理を誘う。

結局、京都まで探究の手を広げてみたが、決定的な証拠に至らず、断念したというのがルーツ探しの顛末だったとか。そのおおよその経緯を知ったのは、平成10年2月、ルーツ調べに加わった父の郷里の叔父から届いた手紙でだった。

潮干狩り足の裏には土踏まず

小学校時代、時に春休みや夏休みに家族で茨城の海へ行った。父の会社の保養施設が大貫にあった。大貫海岸から大洗海岸まで足を伸ばしたりして、潮干狩りなどをした。泳ぎは得意ではなく好きでもなかった。砂浜で蟹を捕ったり、浅瀬でアサリやハマグリなどを採って遊んでいることが多かった。

潮干狩りは膝ほどまで潮に浸かり、両足で砂地を揉みながら土踏まずの感覚で貝を探り当てて採る。面白いようによく採れた。子供心に足裏の砂を抉られ、海に引き込まれるような軽い恐怖感は、今でも感覚的な記憶として残っている。

窓の空籠の雲雀は上へ跳ぶ

〝籠の鳥〟という境遇がある。どんな状況であれ、自由を奪われることは悲劇としか思えない。子供の時にはそんな思いは希薄だったが――。

小学生の頃、母の使いで時々町内の豆腐屋へ行った。ある時、店頭に高さ数十センチの見慣れない縦長の鳥籠が置かれていた。中に一羽の雲雀がいた。自らの状況を理解出来ず、人にも慣れていない雲雀はバタバタと飛び跳ねていた。

その後、店に行くたび空高く翔ぶ本能のまま、籠の天井へと跳び跳ねる雲雀の姿を見ていて、空を奪われた雲雀の境遇が次第に哀れに思いはじめていた。

草藪へ火をつけにゆく蛇の舌

巳年生まれだが、抜け殻はいいとしても生身の蛇はどうにも馴染めない。子供の頃、蛇はよく目にしていた。四季折々、田舎の自然が遊びの場だったこともある。遊びの行動半径が蛇の生息場所と重なっていたからかも知れない。毒蛇への怖れが遺伝子に組み込まれているかと思えるほど、蛇を目の敵にしていた。その姿、目つきがどうにも馴染めなかった。その嫌悪感は、小さな炎の如く繰り出される二股の舌の不気味さで極まった。

蛇の衣まだ目力を残しをり

〝蛇の衣《きぬ》〟とは脱皮した蛇の抜け殻のことで、低木が繁る川辺の藪などで見つけると、蛇嫌いにも関わらず手にして遊び友達に自慢したものだった。

ある時「田川《たがわ》」（日光が源流の一級河川。結城の隣町の小山から流れて来て、鬼怒川に合流する）の川岸の藪で蛇の抜け殻を見つけた。体の部分は風雨に晒されてボロ布のようだったが、目の部分はレンズの形をしてしっかりと残っていた。

蛇の抜け殻は縁起がいい、財布に入れて置くとお金が貯まる、などと子供たちの間ではまことしやかに言われていてお宝のようなものだった。

いつの間に水田となりぬ麦の秋

農家には猫の手も借りたい時期があった。田植えの頃のこと。小学校高学年の時だっただろうか、田植えの繁忙期に農家の生徒だけが休校を許された記憶がある。その時期には申し合わせたように、水が張られた田圃でいっせいに田植えが始まる。田植えがまだ手作業だった頃のよく目にした田園風景だった。

そんな日々が落ち着く頃には畑の小麦は色を深め、〝麦秋〟と言われる時期から本格的な夏へと、季節は足早に移って行くことになる。

孕み兎《う》の嗅《おめ》き床打つ真夜の変

小学生の頃に兎2匹と数羽の鳩を飼っていた。兎は普通の兎と毛の長いアンゴラ兎だった。時には面倒に思えた餌の草刈りが日課になっていた。

どちらかと言えば兎よりは小鳥の方が好きだった。孵化後間もない雀を擦り餌で巣立つまで育て、手や肩に乗せて可愛がっていたこともあった。

兎は見た目の印象と違って激しい気性の持ち主であることを飼育していて知った。本能的な警戒心、防衛心からの行動と言うが、ある時、産んだばかりの子を食べてしまったと思える、考えられない行動を起こした。そのショッキングな行為を朝になって知り、酷いショックを受けた。愛情の裏返しとも言えるその本能的な行為は、以来、兎に対するイメージを一変させるに充分だった。

籠の蟲終身刑のラブソング

子供達にとって蟲籠は遊びの小道具の一つだった。蟬、バッタ、キリギリスや鈴虫、蛍などを飼っておくために必需品だった。

物事は視点や立場を変えてみると様相は全く違って見えてくる。蟲籠に入れられた昆虫たちの立場に立てば蟲籠は監獄になる。雌を呼ぶための恋歌は囚われの身を嘆く哀歌にも聞こえてくる。残念ながら子供の時にはそんな視点は無かった。

十月や蟲の翅曳く蟻一つ

少年時代、野鳥の生態と共に身近な昆虫の生態にも興味があった。特に蟻には感情移入しながら飽かず観察対象にしていた。行列の途中に障害物を置く、巣へ運ぶ蟲に小石を載せる、などの悪戯をしては蟻たちの対応を観察したりした。

ある秋、自宅の庭で一匹の蟻が自分の何倍もある蟲の羽根を引く姿を目にした。昆虫に興味を向けていた少年の日々を懐かしみつつ暫しその行動を見守っていた。

藪の蛇蛙声もろとも飲むけわい

蛇は田舎の子供の遊びの領域でよく目にした。ほとんどは青大将か縞蛇で、頭の片隅に毒蛇への警戒心はあったが、有毒のやまかがしとの出会いは稀で、マムシは被害の噂を聞くことはあっても、現実に姿を見たことは全くなかった。

蛇は好んで蛙を捕えては丸呑みにする。時に藪の中で蛙の異様な悲鳴を耳にすることがあった。初めての時は好奇心からその情景を覗き見た。以来、「悲鳴」を聞いても、藪に顔を近づけて様子を見る気にはなれなかった。

少年の恋初《そ》む夏のカプリツチヨ

初恋は片想いだった。6年生の時だった。彼女とは共に学級委員だった。

学芸会の劇で彼女の手を握る場面があり、夏休み後の練習の時から心騒いだ。

劇の詳細は忘れたが劇中で流される曲が『トロイメライ』（シューマンのピアノ独奏曲で、『子供の情景』の第七曲）だったことは覚えている。今でもその曲を耳にすると、密かに心騒いだ少年の日々が、劇の練習の場だった教室の情景と共に蘇ってくる。

1965年、5年間お世話になっていた登戸の下宿を引き払い、郷里の結城に戻った。理由は後に記すが、高卒後就職で上京して以来6年振りの帰郷だった。そんなある日の朝、駅近くの踏切で反対側から乳母車を押してくる女性が目に入った。彼女だと分かった。顔を見たのは高校の通学時以来のことだった。彼女は気付かずにすれ違って行った。その横顔は母親の顔になっていた。初恋の、しかも片想いの相手だっただけに懐かしさはあったが、現実に引き戻されるとその残り火のようなものが急速に消えて行くのを感じた。

ちなみに〝カプリッチョ〟とは、奇想曲、綺想曲あるいは狂想曲と訳される音楽の一形式。そのイタリア語は〝気まぐれ〟という意味だという。

思えば、少年の初恋は『トロイメライ』がバックミュージックだった。様々な思いを重ねて狂想曲の如く心悩ませはしたが、それは心悩ませながらも、少年が辿るどこか気まぐれでマダラ模様の心の旅路だったようにも思える。

第二章　社宅住まいの星霜

狐火や鎮守の杜の雨上がり

結城での父の変電所勤務が続いたことで社宅住まいは長年に及んだ。社宅からは南へ視界が開けていた。廊下から遥か遠くの水戸線を蒸気機関車が車輪の音を響かせて横切って行くのが見えた。その途中に鎮守の杜があった。その杜へは、近所の遊び友達共々一度も行ったことがなかった。

中学生の夏の日のことだった。夕方から夜にかけて激しい雷雨があった。雨が上った後、何気なく廊下から南の視界へ目を向けた。すると、鎮守の杜の近くを得体の知れない灯りが点々と連なり、怪しく揺れ動いているのが見えた。その時が狐火を見た最初だった。以来、二度と狐火を見ることは無かった。

結城の寺に長年住んでいた与謝蕪村も、結城郊外の五助で狐火を見ている。「きつね火や五助新田の麦の雨」の句が、句碑になって結城駅前にある。

雀の子親追ふ身振り言葉かな

少年時代の思い出が、思いもかけない事実と結びついて驚かされたことがある。この本を書く中でのことで、『日本野鳥の会』の創始者中西《なかにし》悟堂《ごどう》さんのことである。野鳥研究家で野鳥の会会長ということ以外、鳥好き少年の知るところではなかった。ところが、少年時代の思い出を追う中で氏の経歴を知りびっくり仰天した。自分が生まれる遥か以前の明治7年以降のこととはいえ、なんと自分の調布の自宅の2軒先にある祇園寺に、12歳から20年近く住んでいたことを知ったからだ。僧籍にあった養父の祖父、祖母と共に金沢から移り住んでいたのだ。天台宗に僧籍があった胡堂さんも、後に深大寺の僧侶になったという事実を知ってさらに驚かされた。

1995年に調布を終の住処として以来、深大寺は新年の参賀や3月のだるま市には欠かさず参拝している、好きな散歩コースのひとつにもなっている。

本を通して野鳥の師だった中西胡堂さんの教えが〝野鳥は野に置くべし〟というものだったことを思い出す。少年は師の意向に反して、時に手元で雀やホオジロを飼っていたことがあった。どこかに後ろめたさを感じていたような気もする。

夜の茄子紫紺の鳥の群れ宿る

句の発想に繋がる記憶がある。父が勤務する結城変電所の敷地には社宅の住人向けに、今でいう家庭菜園ほどの畑地があった。母は季節ごとに、ナス、トマト、キュウリ、じゃがいもなどなど、身近な野菜を栽培していた。農家でもないのに時々母に請われて畑仕事を手伝うこともあり、土に親しむ場になっていた。

掲句の季語は「茄子」で夏。月光下の艶やかな紫紺の茄子と好きな瑠璃鳥の色彩が共鳴して生まれた句だった。

無花果や蔕《へた》垂るイブの乳ならむ

社宅の庭には柿、栗、無花果の木があった。3人姉妹の中の男一人だったこともあり、得意の木登りで収穫係を担っていた。

無花果は自分以外家族は皆好きだった。捥ぐと蔕から滲み出る乳状の樹液が奇異に思えた。肌に付くとあとで痒みを覚えた記憶がある。

西洋絵画の影響だろうか、無花果には楽園追放のアダムとイブを連想させられる。古今東西嗜好する人は多いが、中途半端な甘みとその姿かたちが好きになれない。果物は好きだがいまだに食べる気が起きない果実のひとつになっている。

無花果の肺腑の如き花実かな

花も付けずに実を結ぶ、無花果は子供心に好奇な果実に見えていた。実ではなく花を食べるという感覚が今もって馴染めない。

電球型の実の頂点が赤紫に色付き、やがて十字に割れ始めると完熟期が近いと判断する。そのまま放って置くと割れ目が石榴のように広がり、薄ピンクの花実が目に触れる。何やら内蔵の一部を覗き見たような気分になる。それがまた食欲に繋がらなかった。

霖雨止むこそりと動く山の繭

故郷は結城紬の産地で養蚕が盛んだった。結城の初代城主、結城朝光の領地が筑波の麓まで伸びていたこと、また、その領内を流れる鬼怒川、小貝川などの流域が養蚕地帯だったことがその発展の背景にある。ちなみに、「結城紬」と呼ばれるようになったのは、慶長時代以後(1615年以降)のこととか。

父が勤務する変電所前に道路を挟んで農業高校があり、社宅に隣接して高校の桑畑があった。養蚕の季節には学生たちがよく桑の枝葉を取りに通ってきた。

小学生の頃、その高校の養蚕場で10匹ほどの蚕を貰って来ては、繭になるまで飼育していた。餌の桑の葉は高校の桑畑から頂戴していた。

遊び場の一つになっていた校内の一角に大きな胡桃の木があった。秋には近所の遊び友達と一緒にその実を拾いにいった。毎年、その木に山蚕が薄緑色の繭を掛けた。幼虫は嫌いで飼う気になれず、繭になるのを待って採ったものだった。

夕立ちや地を這ふ蟲の草の舟

結城は栃木県との県境に近い。夏には雷が頻発した。強烈な閃光と地響きする雷鳴には腰が浮いた。住まいの社宅は高圧の送電線が幾本も前方を走る変電所の敷地内にあった。場所柄、落雷率が高かった。

時に半端ではない激しい雷があり、忽ち庭先が湿原状態になるほどの激しい雨が降った。そんな時には、蟻などの地を這う蟲が草の葉にすがって行き惑う姿を見掛けたものだった。

秋深む夜汽車の乾く遠音かな

高校の頃まで蒸気機関車の時代で、唯一の交通機関は水戸線だった。

社宅暮らしは18歳で上京するまで続いた。施設柄、変電所は町の中心地から離れていた。周辺には田畑の多い風景が広がり、遥かに煙を靡かせて走る蒸気機関車の微かな乾いたような車輪の音が聞こえて来た。

その音を聞きながら、高校時代には夜遅くまで宿題の製図の線を引いていたことがあった。

高校へは結城中学から唯一人、下りの一番列車で1時間半余り掛けて水戸まで通学していた。読書や英単語を覚えるには良い車中時間だったが、話し相手もいない孤独な往復時間でもあった。

その水戸工高への進学は、将来への確固とした考えがないまま、両親の意に添った形で進んだ。その過程では大学進学という選択肢はなかった。そこには敷かれた線路を走る世間知らずの素朴な田舎の中学生が居ただけだった。

冬の雷雷神の子の戯《ざ》れの如

夏の雷と違って冬の雷は淡白だ。遠慮がちに鳴り、後が続かないことが多い。ビリビリと空気を震わすほどの迫力が無く、鳴り方もどこか気まぐれに聞こえる。

例えれば運慶作の雷神の如く、筋肉隆々の身体が打ち出す音は超弩級の大太鼓風の雷鳴だろうが、冬の雷のそれは小太鼓風で、雷神の子の戯れ事、悪戯のようで迫力がない。

遠吠ゑや焼き芋売りの引き屋台

焼き芋売りは田舎の冬の風物詩だった。さつま芋は大好物で、いまだに焼き芋には目がない。東京暮らしでは庭で焚き火も出来ないが、田舎では焚き火をしては焼き芋をするのが寒い季節の楽しみでもあった。

夜には、焼き芋売りのおじさんが屋台を引いてやって来る。冬の夜空にその到来を告げる声は良く響く。道に沿って犬も騒ぐ。ホカホカの芋を両手であやしながら食べる味は、昨今スーパーで売っている焼き芋の及ぶところではない。

氷菓売木匙の蜜の記憶かな

社宅前の農業高校は、子供達にとって格好の遊び場だった。自転車の乗り方も、その広々としたグランドで覚えた。飼っていた兎を連れて行っては自由に遊ばせ、草を食べさせたりもしていた。

そのグランドでは例年夏の初め頃に中学、高校野球の地区予選が行われていた。中学生の頃(1954年)歓声に誘われて、というよりアイスクリーム売りが振り鳴らす鐘の音に誘われて観に行った。観戦中に食べるその味は格別で、ひとつ、またひとつと後を引き、止まらなかった。

当時、田舎ではアイスキャンディはあたり前だったが、アイスクリームはまだちょっと贅沢な氷菓だった。

最初にアイスクリームを題材にして俳句を詠んだのは正岡子規だという。ちなみにその句は、「一匙のアイスクリームや蘇る」だ。

凄々と冬空を掃く大欅

社宅のすぐ近くにあった農業高校の思い出を手繰ると、校門を入って右手に聳えていた大きな欅の木が思い浮かぶ。そこから少年時代のプレイグランドだった農業高校の全体像が連鎖的に思い浮かんで来る。

とりわけ大欅に懐かしさを感じるのは、四季折々その大木の下に立ち、やって来る野鳥を観察していたことにある。ウソ、アオジ、アトリ、レンジャク、シメなどなど普段見かけない野鳥を目にすると、図鑑で見るのとは違って嬉しかった。

最近、その高校のホームページを調べてみた。そもそもは1897年に「結城蚕業学校」として創立されたと知る。農業高校とはいえ、生徒が養蚕をしていたことに半世紀以上経って合点がいった。開校式には当時の文部大臣、樺山資紀が記念植樹し、その木が成長して自分が親しんでいた欅の大木になったのだと知る。今では樹齢120年とも言われ、「結城百選」にもなっている。

欅にまつわる記憶と言えば、出生地の下妻の変電所社宅の目の前にあった『五《ご》所《しょ》神社』の欅の木が思い出される。社宅の出窓まで枝葉が覆っていた。そこに来る山鳩の鳴き声を真似ていた思い出は先に書いた。

『五所神社』の名は記憶に無かった。調べ始めた当初は、樹齢500年以上の大欅のある『下妻神社』ではないかと思っていたが、下妻の観光協会に問い合わせてその名が分かった。変電所のすぐ近くの神社、という手掛かりを伝えたところ、変電所が存在していた昭和33年時点の地図から五所神社の名が判明した。

今では変電所は存在するものの無人化していると知る。小学校入学まで住んでいた社宅はもちろん今は無い。地図上でその場所は空白の地になっていた。

出生地は下妻だが、その記憶は多くない。馴染みと言えるものもない。同じ社宅の隣家に住んでいた同年齢の〝ワキッちゃん〟しか、思い出らしい思い出は無い。

自分にとって郷里と言えば結城という思いしか無い。

第三章　故郷結城与謝蕪村

春灯し蕪村止住の寺の庵

「与謝蕪村が結城に来て、『弘経寺《ぐぎょうじ》』に立ち寄った」

少年時代、そう聞かされていた。蕪村への理解はその程度だった。

俳句をやるようになってから調べてみた。立ち寄るどころか、27歳の時から結城に住み、36歳で京都へ移るまで弘経寺の庵に住んでいたことを知った。

当時は〝宰鳥〟と号していた。〝蕪村〟と号するようになったのは29歳の時で「古庭に鶯なきぬ日もすがら」を詠んだ時からだという。

20歳のころ、其角、嵐雪を師とした江戸の俳諧師早野巴人《はじん》に入門する。そして27歳の時、師匠巴人の死を契機に同門の砂岡雁宕《いさおかがんとう》を頼り、雁宕の郷里結城へ来たという。そこから我が故郷との縁が生まれたようだ。

以来、雁宕の紹介で弘経寺には9年余り長期滞在した。その間3年ほどは、敬愛する芭蕉の足跡を辿るなどして、奥州行脚をしていたようだ。

画人としての足跡も弘経寺に10数点の画となって遺されている。今は未公開だが、結城育ちなのにいまだ目にしていないのは恥ずかしい。蕪村は池大雅の7歳下で伊藤若冲と同い年と知るとなおさらその原画を観ていないことが悔やまれる。

結城駅前の句碑に結城在住の書家鈴木明窓《めいそう》氏の揮毫で以下の句が刻まれている。

「きつね火や五助新田の麦の畑」

「秋のくれ仏に化る狸かな」

「猿どのの夜寒訪ゆく兎かな」

また、公園になっている結城城址の本丸跡には俳人山口青邨《せいそん》氏が揮毫した句碑、

「ゆく春やむらさきさむる筑波山」がある。結城との浅からぬ縁が伝わってくる。

ちなみに弘経寺は徳川家康の二男に生まれ秀吉の養子になった秀康が創建した。

幼くして死んだ長女松姫の菩提を弔うためだった。

1691年の創建以来、一度も焼失していないと言う稀有な古刹で、いかにもと思える佇まいがある古寺だ。寺の名は松姫の戒名から取られたという。

おしやべりの如群れ飛べる蝶々かな

蕪村の有名な句に「菜の花や月は東に日は西に」がある。蕪村が郷里の結城に長逗留していたと知った時から、この句は結城の田園風景を詠んだ句ではないかと思っていた。期待して調べてみたら違っていた。現在の神戸市灘区にある六甲山地の摩耶山を訪れた時に詠まれた句だった。

故郷の春と言えば菜の花のイメージが強い。満開の菜の花に舞う紋白蝶の姿は会話しているように思えたものだ。その情景は今でも鮮やかに思い浮かぶ。

土煙合戦幻影野分中

郷里では強風が吹くと関東ローム層の赤茶けた畑の土が巻き上がり、遠景が全く見えなくなることがある。そんな日は何十騎もの騎馬武者たちが全力で疾走する様を想像したりする。我先に功名を争い馬を駆る野武士の集団が似合っている。

結城は城下町である。少年時代、よくチャンバラごっこをして遊んだ。時代劇映画が人気だった。特に嵐寛寿郎主演の『鞍馬天狗』は必ず見ていた。大友柳太郎の『丹下左膳』も見逃さなかった。洋画ではジョニー・ワィズミュラーの『夕ーザン』のシリーズが好きで、新作が待ち遠しかった。

その影響でアフリカのケニアに憧れた。『おもしろブック』連載の山川惣治作画の『少年王者』がケニアへの想いに一層拍車を掛けた。発売日が待ち遠しかった。その日が大雪だった時もあったが、開店時間早々に本屋へ駆けつけた。雑誌名と作者名しか頭に無い。発行元の集英社の名はまるで意識になかった。

当時の沿革を辿ると、集英社は小学館の子会社としてほとんど休眠中の会社だった。『少年王者』は当初紙芝居で大人気の作品だったとか。それに目を付けたのは小学館の2代目相賀徹夫社長だったという。

1947年、相賀社長は休眠中の集英社を目覚めさせ、単行本で『少年王者』を発刊する。すると忽ち大人気になり集英社の礎が築かれたばかりか『少年王者』の連載を看板に『おもしろブック』の創刊へと繋がっていったという。

このような社歴は、集英社の入社試験の面接に備える中で知った。準備に怠りないと思っていたが、最終の役員面接で『おもしろブック』を『少年ブック』と取り違いてしまい、にわか勉強を露呈する結果になって慌てた記憶がある。

小学生の時、小学館とはちょっとした縁があった。6年生の時だった。全国の小学生を対象に健康と学業に優れた者へ賞を与えるという学年誌の企画があった。どのような選考基準だったのかは記憶にないが、学校に表彰状が届いて受賞を知る。教室で先生から賞状を受け取った。その表彰状にあった〝小学館社長相賀徹夫〟の名は、以後、社名、社長名共に少年の記憶に刻まれた。

集英社の入社時はまだ相賀社長の時代で、集英社オーナーの立場にもあった。縁と言えば、一枚の表彰状が繋いだ運命の糸のようなものだったかもしれない。

故郷の結城は紬の里として知られている。だが、まさに紬の風合いのように華やかさに欠ける、地味で落ち着いた町だった。城下町ということで少々誇らしくもあったが、主役の城は遥か昔に無くなっていて城下町の実感は乏しかった。

城址には城壁などの遺構一つなく、緑が多い小高い丘の自然があるだけで、子供たちには魅力に欠ける場所だった。遊びの場にすることもあまりなかった。結城の歴史に興味を持ったのは故郷を離れてからのことだった。まさに故郷は遠く離れて想うもの、ということだったのかもしれない。

結城の歴史は40代初めに読んだ郷土史研究家府馬清氏の著書『結城一族の興亡』（暁印書館刊）に教えられることが多かった。郷土史研究家の役割の大切さを大いに感じさせてくれた本でもあった。

まず、結城の祖が豪族の小山政光《おやままさみつ》であることを知る。政光は、源頼朝とは鎌倉で頼朝が挙兵した当時から関係が深かったと言う。後に政光の子息の一人が頼朝から朝の一字を与えられ、結城七郎朝光と名乗ったとされるエピソードがある。成人後、朝光は18代続く結城氏の初代城主となり名君の足跡を残すことになる。

結城の名が歴史の舞台に登場するのは『結城合戦』(1440年)の時を待つことになる。『結城合戦』とは、関東公方足利持氏が京都幕府の将軍義教と争い、敗れて自害したことが端緒となった。結城家第11代の氏朝の時代のことだった。

氏朝は義侠心が強く、持氏の遺児の春王丸と安王丸を助けて兵を挙げた。幕府は氏朝の討伐を図るが激しい攻防が続き、落城させるまで一年余り要したという。その果敢な戦い振りで結城の名が一躍天下に轟いたと伝えられている。

歴史の変転の中で織りなされた人間模様には興味深いことが多い。なかでも親鸞と結城との関係については謎があって極めて興味深い。

市中に結城の初代城主朝光が創建した「称名寺《しょうみょうじ》」がある。親鸞の高弟真仏を開基としていることで親鸞とは縁がある寺だ。釈迦の命日に振る舞われた甘茶の味は格別だった。戦後育ちを露呈する懐かしい味の思い出になっている。
1211年、親鸞は越後での流人生活を赦免される。その後、恵信尼《えしんに》と再婚した親鸞は、彼女を伴って常陸の笠間に来て稲田に草庵を結んだと伝えられている。やがてそこで、〝善信〟の名を〝親鸞〟と改め、「浄土真宗」の立宗を宣言する。その浄土真宗を結城朝光が帰依したことが、称名寺の創建につながったという説がある。寺には朝光の墓があり、親鸞の銅像も立っている。

ところで、親鸞の妻は京都ではなく結城の地で亡くなったという説がある。恵信尼のことではない、最初の妻玉日姫《たまひひめ》のことだ。結城城址の近くにその墓が存在し、市の指定文化財になっている。

玉日姫という女性の存在は、結城城のお姫様として小学生の時から耳にしていた。けれど、その頃には彼女が親鸞の妻ということなどまったく知らなかった。

親鸞は〝綽空《しゃくくう》〟と名乗っていた修行時代、法然の弟子になる。そこで玉日姫と出会い、恋い慕うようになったとか。親鸞はその想いを法然に打ち明け、力になって欲しいと懇願した甲斐あってか、玉日姫と夫婦になることが出来たという。

ところが、やがて法然、親鸞らは〝念仏邪宗〟の誹りを受け、激しい弾圧を受け、遂には越後へ流罪になってしまう。その後の10年間に玉日姫、法然は他界することになる、のだが・・・。一方、赦免された後、親鸞は地元の人の勧めがあって越後で恵信尼と再婚したと言われている。

ここで異説が生まれる。実は恵信尼とは、夫を慕って越後まで訪ねていった玉日姫その人だというもの。つまり、恵信尼＝玉日姫という説だ。

さらにもう一つの説がある。それは越後に流される親鸞を追って、玉日姫が侍女の白川局共々結城に来たという説だ。その後、赦免された親鸞が京都に戻ってからも玉日姫は結城に留まり、玉岡の里（現在の結城城址の近く）に草庵を作り、親鸞の教えを布教し続けたのだという。1254年に玉日姫は結城で亡くなり、彼女の墓の近くには、侍女の白川局の屋敷があったとも伝えられている。

ところで玉日姫とはどのよう人物なのか。一説に平安末期から鎌倉初期の公卿、九条兼実の七女と言われる。だが、存在自体に疑いが持たれている人物でもある。

何が真実なのか、今では確かな真相は歴史の闇の中に埋もれてしまっている。

結城織る嫗《おうな》冬日も織り込みて

小学生の頃、ろくに訳もわからずに口ずさんでいた歌詞がある。

結城百万朝光様は
紬小袖で鎌倉通い
黄金作りの太刀佩《は》いて

子供心に、鎌倉時代に結城は百万石だったのだと地味な佇まいの町に往時の繁栄を思い描きながら冒頭の一小節を誇らしい気持ちで口ずさんでいたものだった。

ちなみにこの歌詞は、太平洋戦争前に紬の仲買商が作詞した結城音頭の一部。結城紬を地場産業へ発展させる道を拓いたのは朝光だった。この歌からは、紬に関わる者としての朝光への感謝の思いが感じ取れる。

虎落笛真綿を紡ぐ母のゆび

ことさら記憶に残る音がある。戦時下の空襲警報のサイレン、B29爆撃機の重々しいエンジン音と共に、少年時代に日夜聞いていた母が真綿を紡ぐ音だ。

故郷の結城は紬の産地で、少年時代に農家の廊下で紬を織る姿をよく目にした。母が紡いだ糸はやがて紬となる。その糸は出来が良いと紬問屋の評判が良かった。

虎落笛とは、冬の強風が柵や電線などを笛のように鳴らす現象。変電所という場所柄、社宅のすぐ前を何本もの送電線が走っていた。強風時にはよくその線が鳴った。また、雨の日にはチリチリと熱を感じさせる音を立てていた。

昭和52年（1977年）6月、母は癌との長い闘病の末に逝った。65歳だった。

母の出生地は茨城県石塚村（現在の常北町）で、7人兄弟の長女に生まれた。小学校の頃は、妹や弟たちの面倒を見なければならず、思うように学校に通えなかったと聞かされた。教育熱心で授業参観日には必ず教室の後ろに姿があった。少年時代の記憶は様々な場面で母の姿が重なる。石橋を叩いて渡る生き方に反発を感じたこともあった。高校の時、1学年が終わる頃に進路を誤ったことを自覚した。だが、身体を惜しまず生きていた母の内心の思いと、家の経済的状態を推し量り、進路変更のための大学進学を強く訴え続けることが出来なかった。

母の積年の思いは、父の退職後を考えて自宅を建てることにあったようだった。結婚以来、社宅住まいしか知らない母の思いが、自宅を持つことに凝縮されていたのかもしれない。そのようなことは後々に理解するようになった。

後年、集英社で女性誌『MORE』の創刊に関わった。女性の自立を促し応援する姿勢が支持され好スタートを切った。その象徴となったのはエリカ・ジョングとその小説『飛ぶのが怖い』だった。銀座の書店で目に止まって読み、そのタイトル、その主人公こそ新生『MORE』に相応しいと直感した。

連日続いていた創刊号の編集会議での提案が通り、『飛ぶのが怖い』が新女性誌の具体的なイメージを伝える役を果たすことになった。その創刊は、女性誌に、ひいては女性史に一石を投じるものだったと思っている。

渡河の蛇天与の所作に無駄が無し

少年時代に最も親しんだ川は『田川《たがわ》』だった。栃木県日光市七里が源流の一級河川で、郷里の結城を経て鬼怒川に合流する。自宅から10分ほどのところにあった。四季折々、欠かせない遊び場であり、自然の学び舎だった。野の花、鳥類、魚類、爬虫類など名前と生態の多くを学んだ。自然界の生きた野外学校のようなところだった。掲句外に「薄衣の裾引く音や夜半の蛇」がある。

草の花雨後の大河のなすがまま

社宅から鬼怒川までは4㎞以上あったが、少年時代には春のマルタ釣り、夏から秋の鮎釣りに自転車でよく通った。秋口には鮭の遡上も見られた。

普段は川幅のほとんどが砂利の河原で、流れはそのほんの一部に過ぎない。だが、台風や大雨が続いた時など、４００～５００㍍ほどの川幅いっぱいの濁流が河原の雑木や野草を飲み込み、滅多に見られない怖いほどの大河に変身した。

洪水で忘れられないのは、昭和34年（１９５９年）の伊勢湾台風の時のことだった。全国的に大被害を招いた台風で、死者、行方不明者が５０００人超という明治以降最悪の惨事を引き起こした。

台風の翌日、田川氾濫の噂を聞き、通い慣れた道を辿って見にいった。目にした光景は想像以上のものだった。大きな湖が生まれていた。田畑も道も田川に流れ込む小川も、何もかもが田川から溢れ出た水の下にあった。想像を超えた自然の圧倒的な力を、その脅威がどんなものかを目の当たりにした思いだった。

落鮎の死装束で釣られけり

高校卒業までは結城で過ごした。田舎の自然が良き遊び相手だった。釣りが好きだったこともあり鬼怒川、田川、すぐ近くの結城用水へとよく通った。

特に鮎釣りに釣趣を覚え、盛期は勿論数釣りの落ち鮎の季節まで鮎を追った。〝コロガシ〟と呼ぶ釣法だった。１本のテグスに10本ほどの針を等間隔で結び、

4〜5㍍の長い竿で川底を引いて鮎を掛けるというシンプルな釣法。鮎がいない所を転がしても意味がない。鮎のいる流域を見いだすセンスが問われる釣りだった。肉が落ちて黒錆色になり、引き味が悪い落鮎の時期は数釣りが出来ても敬遠した。末路が近い身と知りつつ針を掛けるのは気が引けた。

青鷺の造りものめく冬田中

青鷺は白鷺より大型のサギ科の留鳥で夏の季語。冬田と季重なりになるが冬田の情景を主題にした。水辺や田圃に立って獲物を待ち伏せたり、徘徊しながら餌の蛙やザリガニ、どじょうなどを探す。身じろぎもせず立っている姿は塑像のようで、冬田と相まって荒涼感を漂わせる。そこには、一幅の水墨画を思わせる風情がある。蕪村の句に、「夕風や水青鷺の脛をうつ」がある。

菜の花やゴーギャンの黄にゴッホの黄

少年時代の記憶に残る花がある。菜の花と蓮華草だ。

菜の花がとりわけ美しいと思ったのは暗夜の田舎道の両側の畑に広がる一面の菜の花畑の風景だった。闇に滲む菜の花の黄が一段と美しく見えたからだ。

蓮華の花の思い出にはほろ苦いものがある。田圃一面に咲く花をむしっては、山と積んで遊んでいて農家の人に大目玉を貰ったことがあるからだ。

ヨーロッパでも、鉄道旅行をしているとなだらかな田園地帯の中に鮮やかな菜の花畑を目にすることがある。そんな風景が急激に増え始めたのは、1978年以降のことだという。確かに、ある時からフランスの田園を走る鉄道の車窓風景に、それまで余り見なかった菜の花畑が目立つようになったような気がする。

その背景には、EUの前身だったECの加盟国共通の農業政策があったようだ。農産物の転換を迫られたヨーロッパ各国が、毒々しいとあまり評判が芳しくなかった菜の花の栽培を一斉に始めたことにあるようだ。

近年、ヨーロッパでは環境問題から菜種油を精製して作ったバイオディーゼル燃料が急速に普及した。ガソリンエンジンよりディーゼルの方が二酸化炭素の排出量が大幅に少ないという理由からだ。菜の花畑が目につくようになったのは、そのような時代背景があってのことと理解した。

近年、CO2削減は世界の国々で喫緊の課題になっている。ヨーロッパの車窓からの一面の菜の花畑の風景は、増えこそすれ消えることはなさそうだ。

掲句外の菜の花の句に「菜の花の塗り潰されずある闇夜」がある。

６月初旬のイギリス、コッツウォルズの田園風景。
そこここで菜の花畑を目にすることが多かった

第四章　将来への決断の時

身にしみる行に乱れの母の文

　高校2年に進級する時、将来へ向けて白分の適性に疑問を感じ始めていた。大学進学を前提に水戸工高から普通高へ転校したいと望んだ。だが、父の勤める東電への入社を望んでいた両親は、〝折角入った県下一の工業高校〟を退め、普通高校へ移ることなど理解出来なかった。最後は経済的理由から止む無く断念した。

　2学年になれば、電気科としての専門科目が一気に増え、大学受験を目指すには難しい状況になることは目に見えていた。高校受験の段階で選択を誤ったと言う引き返せない手痛い思いとなって、全てが自分に返って来た。

　母が口にした経済的な心もとなさを乗り越える術など田舎の高校生の判断の域を超えていた。不確実な将来は確かな現実に勝てなかった。遅れてやって来た現実に屈するしかなかった。その時には自らに納得させたつもりだったが、その思いは、高卒後小田急電鉄に就職してからも気持ちの奥深くで燻り続けていた。

そして、忽ち3年の年月が過ぎ去った――。21歳の春、遂に会社を辞めずに大学を目指す決意をした。年齢的にも受験勉強を考えてもギリギリの決断だった。

そんなある日、会社から下宿に戻ると母から長文の手紙が来ていた。小田急の退職に反対する思いと共に不確かな受験への懸念、〝石の上にも3年〟いた会社を辞めることへの母なりの心情が連綿と書かれていた。自分の不安をも揺り起こされるような思いで読んだ。

義手ぬつと掴む大茄子手榴弾

戦後、白い病衣で街頭に立ち、募金を求める傷痍軍人がいた。昭和50年頃には姿を消していったが――。

就職試験で上京した頃には、まだ山手線の電車の中や人通りの多い街頭で目にしていた。とかくの噂があったその姿は、自らを晒し者にしているように見えて目を逸らせていた。

義手義足に白い病衣姿は、戦争の記憶と切り離し難いイメージとなって残っている。運命の残酷さ、という思いと共に――。

餡蜜の舌に涼しき匙の先

高校3年の昭和33年（1958年）、小田急電鉄の入社試験に合格した。だが、感激はもとより喜びも無かった。会社に懸ける思いも薄かった。両親には東京に出るのが目的の就職と思われていた。その気持ちは無きにしもあらずだった……。

上京後、暫くは叔母の家に世話になっていた。五反田の「清正公前駅」が最寄りの都電駅だった。『東京タワー』が四方の脚部から次第に空へと立ち上がっていた。新たな東京名所となって行くその姿が日々目を引いていた。

まずは都会に馴染むことだった。休日には、乗り換え無しで行ける銀座へよく出掛けた。従妹が一緒の時には4丁目交差点近くにあった甘味処に立ち寄った。甘い物好きな田舎者には銀座の餡蜜の味は格別に思えた。

蝉時雨夕日が滑り落ちてゆく

1959年、小田急電鉄に入社した。暫く研修があり、やがて小田原駅に近い新松田駅構内に事務所があった電力区に配属された。密柑山と富士山の近景が新鮮だった。業務は厚木駅から箱根湯本駅間の電力設備全般の保守だった。

特に電車架線の保守が中心的な業務だった。電気関係とは言え、高校時代に思い描いていたイメージには無い仕事内容に戸惑いが多かった。馴染んで行けるかどうかはもとより、将来へ向けて続けて行けるかどうかも自信が無かった。頭の中ではなんとか仕事に馴染まなければという思いと、人生が決まってしまったという失意の思い、さらには将来への漠とした不安がないまぜになった複雑な思いが、時に大きく時に小さく消えることなく渦巻いていた。

1年、2年と月日が過ぎて行った――。

やがて、仕事の全体像が見渡せるようになるに従い、自分の将来が見通せるほどに先の状況が見えはじめて来た。同時に、〝自分の居場所はここではない〟という思いが抑え込みようもなく高まっていった。

宵闇のトランペットのドレミファソ

上京して1年後、小田急電鉄での配属が決まったところで、上京後世話になっていた叔母の家を離れて下宿生活を始めた。小田急線の登戸が最寄駅になった。気さくな下宿のおばさんの賄いを受けながら、人生初の一人暮らしが始まった。

駅から数分、多摩川の堤防そばに立つ木造2階の和室6畳間が新たな生活の場になった。部屋から小田急線に架かる鉄橋と河原の風景が見えた。

21歳の晩秋、週に一、二度、河原からトランペットの練習の音が聞こえて来た。鬱屈した日々の思いの中で、日ごと上達していく音の主を密かに応援していた。

八卦見と語るも孤独冬の月

小田急電鉄社員の歳月は丸々4年間だった。勤務先のある小田急新松田駅と下宿のある登戸駅の間を小田急の通勤急行で行き来する単調な日常が続いていた。そんな日々、山岡荘八著の『徳川家康』を読み、引き込まれた。次巻を待ちわびつつ駅前書店に立ち寄るのがささやかな楽しみになった。そして全26巻を通読したのはこの頃のことだった。ある朝、下宿のラジオでケネディ暗殺の臨時ニュース（'63年11月22日、日本時間23日早朝）を聴きショックを受けた記憶も強い。休日にはたびたび新宿に出掛けた。気楽に声を掛けて遊びに行けるような友はいなかった。孤独な青春だった。将来への夢が描けない満たされない日々の中で、一時期アイススケートに熱中していた。好きな時に一人で出来る気晴らしとして、当時の日常に適っていた。普通に滑れればいい、それ以上何も望んでいなかった。新宿歌舞伎町のスケート場で、転びつつクルクルと飽くことなくリンクを回遊していた。思えば群衆の中の孤独な遊戯だった。（注・八卦見とは占い師のこと）

友逝けり轍の先の草の花

小田急での出来事だった。職場の後輩が突然逝った。通勤途上の単車事故だった。1962年、21歳のその年に自分も死の淵に立った。場合によっては、今の自分はいない――――。東海道新幹線の開通を2年後に控えた年の出来事だった。

新幹線工事に関連する小田急線の対応工事のため、電車架線の鉄塔を伸ばす設計を任され、鉄塔上部の計測のために小田原駅近くの現場へ一人で出かけた。

そして、送電線を避けながら鉄塔上部を計測中、右手に持ったノギスが一瞬間、送電線に触れてしまい感電した。落下を免れたことが生死を分けた。電流が抜けた左掌の肉の焼ける匂いに気付いたのは、地上に下りてからだった。

ノギスが、2000ボルトの送電線に触れた瞬間、「パチッ!」という音と緑の火花が飛んだ。それが目に入った瞬間に気を失っていた。落ちるならその時に落ちていた。地上へ落下していたら今の自分はいない――――。

気付いた時には、鉄塔間に渡された電車線を吊るための20センチほどの幅のビームの上に座るように身体が落ちていた。後から考えると幸運でもあり奇跡的なことでもあった。正気に戻ると恐怖心で全身が小刻みに震え始めた。暫く鉄塔にしがみつき、震えと動揺が落ち着くのを待って地上へ降りた。

その時、初めて送電線に触れた右手のノギスから、身体を保持するために鉄塔を握っていた左手へと電流が抜けたことを知った。その左手の皮手袋には焼け焦げたような穴があった。刺すような火傷の痛みと、肉の焼ける臭いが鼻をついた。どのように職場に戻ったのかも覚えていない。

今ではその日の記憶を呼び戻そうとしても感電の状況以外、季節も天候も全く思い出せない。音と光と臭い、痛みの記憶だけが消えることなく残っている。

その年は春から決断して始めた大学の受験勉強と、会社の仕事を両立させる背水の日々が続いていた。疲れや寝不足の影響があったのかもしれない。まさに命運を分けるほどの一瞬の不覚だった。ノギスが送電線に触れたその瞬間に飛んだ緑色の火花だけは、今でもまざまざと瞼に焼きついている。

生の一瞬間後には死があることをこの時ほどリアルに実感したことはなかった。

梅真白ひとに運命《さだめ》といふ未来

振り返ると1962年（昭和37年）は人生最大の岐路だった。生死を分けた感電事故があった。そして、その後の人生が拓ける契機になった〝背水の挑戦〟があった。共に21歳の時のことだった。遂にその年、長年わだかまっていた思いを振り捨て、転身を図る決断をした。それは会社勤めと受験勉強を両立させながら大学を目指すことだった。

高校卒業以来3年が過ぎていた。その年月は大学受験にとってはブランクでしかなかった。それを乗り越え、仕事と受験勉強を両立させながら僅か1年の独学で受験レベルの学力が得られるのか、とにかくやってみるしかないと決意を固めた。

夜勤もあった、不規則な勤務時間を考えれば勉強時間には限りがあった。睡眠時間へのしわ寄せは覚悟した。人生の岐路を掛けた正に背水の挑戦だった。

一年後の昭和38年春、日本大学法学部新聞学科に合格した。なんであれ自分の未来は挑戦して掴み取るもの、という思いを心に刻んだ。

この当時、マスコミ各社の就職試験時には年齢制限があった。この時点での入学は、卒業時にその年齢制限がぎりぎりでクリア出来ることを意味していた。取りあえず、希望するジャーナリストへの入り口に立てたことが嬉しかった。新たな未来へ向けて、大きな関門をひとつ越えたという達成感があった。

第五章　編集人生悔い無し

秋彼岸OB会報訃報多多

昭和42年（1967年）春、集英社に入社した。競争率百倍云々と聞かされた。ジャーナルな世界に近いところでという面接の時の希望に添い、『週刊明星』に配属された。新人タレントと芸能ニュースのページを任され日々忙しく走り回った。取材対象は、歌手、俳優をはじめ多岐にわたっていた。特にグループサウンズの全盛時代だったこともあり、〝ダイガース〟、〝ブルーコメッツ〟、〝ワイルドワンズ〟などなど、ほとんどの有名グループが取材対象だった。

配属当初、先輩記者とテレビ局各社を挨拶回りした。駆け出し時代の〝教習〟のようなものだった。TBSテレビでスタジオ見学中の郷ひろみさんに出会った。10代でまだデビュー前だった彼は詰襟の制服姿だった。先輩記者を挟んで、ひと時言葉を交わした。駆け出し間もない頃のことでもあり鮮明に記憶している。

その1年後『週刊明星』を離れた。以後、『週刊マーガレット』、季刊誌『セゾン・ド・ノンノ』、『モア』、『ノンノ・モアブックス』、『実用書』と編集経験を重ねて、主に女性誌や書籍の編集者として40年余りを過ごすことになる。

風邪が癒ゆ手にやや重き生卵

1970年の年末、正月休みに『週刊マーガレット』編集部の同僚たちと雲取山に登り、零下の山小屋に一泊した。枕元に置いた濡れタオルがパリパリに凍りつく寒さと、温まらない煎餅布団とが相まって、ほとんど一睡も出来なかった。

帰宅後、疲れと寝不足が祟って酷い風邪を引き、貴重な正月休みをベッドの中で過ごす羽目になった。出社を前に床を離れたが気力に欠けた。体力の回復には食べなければと焦った。頼みは好きな卵かけご飯だった。冷蔵庫の卵を手に取ると、いつになくその手に卵の重さを感じた。

おでん食ふ男ジッポーを玩ぶ

『ジッポー』は世界中で知られるライターのブランドで、1933年の発売以来、今も生産が続いている。

29歳まで喫煙していた。ライターに凝っていたわけではないが、ジッポーを使っていたことがある。シンプルな形とキャップの開閉音が好きだった。

酒はほとんど飲めない。生理的に受け付けない。梅酒の梅を食べて顔が赤らんだ母の体質をそっくり受け継いでしまっていた。

入社後に配属された『週刊明星』は1年間だけで、少女誌『週刊マーガレット』へ異動になった。酒が飲めないことが仕事上ハンデになっていたことは推測出来たが、止む無しと思う一方、一抹の悔しさはあった。

異動先の編集部では、新たに漫画家と作品作りに向き合う創造の世界が待っていた。当時は少女漫画の隆盛期とも言える時代で、『週刊マーガレット』は部数で他社の類誌を凌ぎつつ競い合っていた。才能ある女性漫画家が次々話題作を生み、編集者共々活気ある日々を生きていた。新たな世界での挑戦の始まりだった。

憂国忌絶叫録音ソノシート

机まわりを断捨離していたら、三島由紀夫の死直前の絶叫演説のソノシートが出て来た。『週刊サンケイ』の付録だった。

事件当日(1970年11月25日)の実況ライブは『週刊マーガレット』編集部のテレビで観ていた。翌週、資料のために事件を伝える週刊誌は全て購入した。

会社から帰宅途中、地下鉄千代田線の車内で「楯の会」の制服姿の3人の若者を目にしていた。三島由紀夫自決の3日前だった。

三島作品は『金閣寺』以来愛読していた。文体に魅かれていた。最後の四部作『天人五衰』まで主だった作品はほとんど読んだ。三島の思想的なものに関心を持っていた訳でなく、文学上、文章表現上の〝美学〟に魅かれてのことだった。

電車の中で、間近に「盾の会」の制服を着た若者たちを目にした時には、文学以外での〝三島美学〟を目の当たりにした思いで暫く彼らの服装を眺めていた。

乱暴な推断かもしれないが、三島の死は本質的には自らの美学に殉じた必然的なもの、この上なく激烈な形での〝三島美学〟の帰結という受け止め方をした。

想い出の疼く茄子《なすび》の棘ほどに

『実用書』の編集者時代、料理本を数多く手掛けた。1992年出版の『お料理基本大百科』はその集大成のようなものだった。高定価にも関わらず記録的なベストセラーになりテレビ取材を受けたりもした。臆せず料理が出来るようになったこと、食の重要性への関心に繋がったのも料理本編集のお陰だと思っている。

料理は嫌いではない。好きな簡単料理に〝茄子のしん焼き〟がある。料理と呼べるほどのものではないが超簡単で食も進むのでよく作る。茄子の皮を剥き、縦二つ割りにし、各々を縦5ミリほどの薄切りにする。後は少々の油で炒めながら、適量の味噌と豆板醤を加えて味付けして仕上げるだけ。

茄子は新鮮なものほどいいが、注意しないとヘタにある棘が曲者で指を刺す。刺さるとチクチクと不愉快に痛む。忘れられれば忘れたい想い出が疼くように。

黒葡萄友の肺には白い影

編集者として、『実用書』編集部では挑戦的な企画を愉しんだ。デザインにも新味が求められた。主にエディトリアルデザイナー中谷匡児氏と組んでの挑戦だった。発展的で安易に妥協しない、熱が籠った議論が出来る〝相棒〟だった。

ある夜、打ち合わの会食後のことだった。渋谷駅での別れ際、検査で肺癌の疑いがあることを知らされた。返す言葉がすぐ出て来なかった。

その後、中谷氏は厳しい治療を乗り越えながら頑張ったが、2016年に力尽きてしまう。仕事のみか釣りの相棒をも失った欠落感は暫く続いた。救いは彼が半ば諦めを口にしていた孫の顔が見られた上に、小学生になるまで見届けることが出来たことだった。それが闘病の大きな力になっていたに違いない。

真夜中の蜩の聲夢に死者

高校卒業時の寄せ書きに〝雑草のように生きたい〟と書いた。なぜか、自分は畳の上では死ねない人生を歩むのではないかという思いがあった。波乱の多い人生を希求する若者のロマンチシズムだったのかもしれない。

大学の専攻はジャーナリズムだった。狙いは新聞社だった。大学3年の時から朝日新聞社の「世論調査室」でアルバイトをしていた。本命は朝日新聞だったが試験に失敗した。翌年の再挑戦を期してアルバイトを続けるつもりでいた。

意気込みはあったが不安もあった。再挑戦で合格する保証は無かった。そんな日々に集英社の入社試験を知った。同じマスコミ、出版社でもよしかと応募した。

最終の役員面接の時に、一人の役員から「英語は満点だが作文の点が良くないね」と言われた。その作文とは三つの指定された言葉を使って400字のコントを書くというもの。文章を書く仕事を目指す者にとって、作文の点が良くないと言われたのは気になったが、集英社へ門戸は開かれた。

結果的に、21歳の決断は当初の希望だった新聞界ではなく、出版界での出発点へと繋がった。人生は大きく動き始めていた。

その後は大禍なく後悔のない編集者人生を全うして2008年秋にリタイアの日を迎えた。社内はもとより多彩なジャンルの、しかも才能ある多くの人たちと仕事が出来たのは、出版社にいたからこそという思いが強い。

最後の役員会の席で、日本での任を終えたマッカーサーが、離日の際に残した言葉を借り、その一言を結びに41年有余の様々な思いを噛みしめながら取締役退任の挨拶をした。〝老兵はただ消え去るのみ〟と――。

行く秋や駅前書店遂に閉ず

2000年に全国で21、000軒余りあった書店が、2018年には半数近くに減った。さらに数字は落ちている。出版社で働いていた者にとって胸が痛む。ゴルフの練習に行く度に、京王線・柴崎駅前の小さな書店に立ち寄っていた。2013年秋、その書店が閉店、案じていたことが現実になった。売り上げが下降線を辿っていた雑誌を多く扱う書店のため予測された結末だった。ネット社会へ急速に変化する時代に抗しきれなくなっている小さな書店の帰結でもあった。

第六章　海外逍遥東へ西へ

風光る一語一会のボンジュール

〝ボンジュール〟はフランス語で「こんにちは」の挨拶言葉。〝メルシー〟は「ありがとう」、〝オールヴァール〟は「さようなら」の3点セットでフランス旅行中に口にしない日は無い。

「こんにちは」の挨拶言葉は、フランスに限らずどこの国に行っても有効だ。目が合ったらその国の言葉で挨拶するようにしている。全てはその一語の交歓から始まるからだ。一期一会の礼儀、旅の常識だと思っている。

ハイドンの『太鼓連打』や春の雷

編集者時代、取材でヨーロッパへ行く機会がたびたびあった。特にオーストリアへは新婚旅行を含めて4回行った。

2回目の取材旅行でアイゼンシュタットのエスターハージー公の城を訪れた。

ハイドンは30年間そこで音楽長をしていた。〝交響曲の父〟と言われるハイドンの103番目の交響曲が『太鼓連打』で、第二楽章にその連打がある。

町の東にノイジードラー湖がある。ウィーンからは南50キロ、鯨のような形をして南北36キロの長さで横たわっている。中央ヨーロッパ第2の湖だが水深は1.8メートルほどしかない。ハンガリーとの国境線が湖の真ん中を走っている。そのため、夜陰に乗じて西側へと亡命者が渡った時代があった、とは観光局の局長氏の話。彼が操縦するセスナ機で湖上の遊覧飛行をした思い出がある。

湖畔の町メルビッシュは夏のオペレッタ開催で、またルストと言う湖畔に近い町はヨーロッパ有数のコウノトリの営巣地として知られている。

ちなみに中央ヨーロッパ最大の湖はハンガリーのバラトン湖だ。

青葡萄国境線の鄙の道

1985年、車でオーストリアのウィーンを出発、グラーツを経てザルツカンマーグート地方を巡って、出発地に戻る取材旅行をした。かってのヨーロッパの〝東の辺境〟を辿るのが旅の主目的でもあった。

途中、国境線が田舎道の中央を走るユーゴとの国境を跨いで歩く興味深い体験をした。たまたまユーゴ側の葡萄畑で働く農婦を見掛けたので、「日本を知ってますか？」と声を掛けてみた。すぐに答えがなかった。戸惑い気味の様子だったが、「近くの国でしょ？」という返事が返って来た。まさか!?という思いと共にヨーロッパの〝東の辺境〟にいることを実感した。

その後はオーストリア中部に戻り、ザルツブルグに近い景勝地ハルシュタットを訪れ、湖畔のホテルに泊まった。教会を中心に民家が寄り添う小さな村だった。

今ではハルシュタット湖に教会を配した写真はあまりにも有名だが、30数年前の当時でも人気の高い観光地だった。1997年に「ザルツカンマーグート地方のハルシュタットの文化的景勝」として世界遺産に指定されている。

長城の果ての土塊《つちくれ》駱駝刺

1980年6月11日から7月14日の1ヶ月余り、中国のシルクロードを旅した。女性誌『MORE』の取材だった。コーディネーター高橋弦志氏、カメラマン三宅数氏、中国外事弁公室（中国外務省）の通訳兼お目付役の孟伝良氏からなるチームだった。北京から洛陽、西安、敦煌、蘭州を経て西は烏魯木斉まで辿った。

まずは万里の長城へ。北京から車で八達嶺へ行き、その地の長城を歩いて遠大な風景に酔った。

その後、長城西端の嘉峪関では城楼に立ち、ゴビ砂漠の茫々たる景観を展望した。その最西端は朽ちて土塊と化し、遥か視界の果ての朧な風景へと消えていた。

「人生で最も思い出深い旅は!?」と問われればシルクロードの旅を挙げる。特にタクラマカン砂漠に立った時と、蘭州へ向かう列車の中、延々と夜通し走っても変わらない西域の広大無辺の風景に人生観が変わるほど心を揺さぶられた。

毎日綿密な日記を書いた。女性誌『MORE』の記事のためだった。10年後に同じコースを辿り、その間の変化を対比的に書いてみたいという思いもあった。

旅の最初と最後に滞在した『北京飯店』では、部屋の窓から天安門広場前を行き交う自転車の通勤風景を眺めた。自動車はほとんど見なかった。天安門広場に駐車している乗用車の前で記念写真を撮る人がいるほど自動車が珍しい時代だった。大変貌前の中国を見た貴重な旅だった。

その後の中国の変貌は、テレビの映像でしか見ていないが驚くばかりだ。再訪の夢はいまだに実現出来ずにいるが、ウルムチのウィグルの人々の酷い現状を思うとその気持ちは萎えてしまう。

【1980年6月29日（日）の取材日記より】

嘉峪関での宿泊先「酒鋼招待所」を2時半にスタート。ジープで万里の長城の西端へ向かう。蘭新鉄道を横切り、祁連山脈の支脈、文殊山の山裾を30分ほど走る。

万里の長城の西端は、〝討来河墩〟と呼ばれる崖の上で終わっていた。断層と思える80メートルほどの崖の下を祁連の雪解け水を集めた濁り水が流れている。

「外国人でこの角度から長城の西端を見た人はいません」

と、案内役の嘉峪関市文物管理所長の高さんが力説した。

崖の一部には既に亀裂が入り、今にも崩れ落ちそうに見える。予想もしていなかった西端の景観である。最西端から見ると長城は凹凸が激しく、かなり風化した土塊状態で嘉峪関城へ向かって一直線に伸びている。城址までは7.5キロあると言うが、それほどの距離があるとは思えない。田舎の鉄道ならほぼ一駅の距離になる。

その実際の距離と、現実に目にしている距離の感じがなんとも一致しない。どう見ても近くに見えてしまう。

対象物のない広大なゴビタン（注：石まじりの砂漠のことを言う）に立つと、日本の風土で培った距離感は用をなさない。それは中国に着いて大同、洛陽と取材が進むなかで気付いたことだった。

長城の西端を見た後、嘉峪関城を訪れ城楼に登った。回廊を巡って360度の視界を思うままに楽しむ。視線を長城の西端へと辿ってみる。そこは、遥かに陽炎の中へと消えていた。

ゴビタンでは僅かだが、植物と生物の姿を見ることが出来る。黄色い花をつけた名も知らない植物は、砂漠の花とは思えないほど可憐。だが、その花はドライフラワーのようで、触るとカサカサと乾いた刺激的な感触がある。伸びることが出来ない植物は盆栽のようで、茎の太さに乾きに耐えて生きている逞しさが見て取れる。小さな生物もいる。バッタとコオロギのような虫を見た。後者はお腹がやたらと膨らんでいる。次に雨が来るまでに備えて、水分を十分に溜め込んでいるのだろうか。

鳥では雲雀がいた。人里近いので羊飼いの姿も見られた。羊たちはどう見ても美味とは見えない草を食んでいる。過酷な自然に生きる植物や小生物も逞しいが、そこを生活の場にしている人間や動物たちも逞しい。

トルファンのゴビ砂漠。背景は火焔山の山並み。家路を急ぐ
回族の母と子供たち。夕焼けで山は燃えるように染まる

敦煌や熟る夏の月驢馬が吠ゆ

酒泉から車で河西回廊をひた走り敦煌に入った。1980年当時、敦煌にはホテルが無かった。要人扱いに近い旅だったこともあり、『敦煌革命委員会招待所』が宿に提供された。土間に簡素なソファーと鉄パイプ製のベッドが置かれ、備品は洗面器が一つあるだけ。敦煌でも、それが当時の現実だった。

夜中、満天の星と月を見上げながら別棟のトイレへ歩いた。初めて聞く驢馬の呻くような異様な鳴き声が夜空に響いていた。

＊

【1980年7月2日（水）の取材日記より】

7時30分、招待所を発って莫高窟へ向かう。約30分で莫高窟に到着。

招待所からは安敦公路を来た時とは逆に辿り、敦煌郊外から丁字路を右折する。莫高窟入口を示す石碑とそこを零起点にした道路標識が右手角に立っている。

莫高窟までは約14キロの行程。丁字路から1キロほどは緑が多い。余り大きくないポプラの街路樹が連なっている。けれど、その並木を抜けると忽ちゴビの中。

遠く連なる山々に向かって飛ばす車。前方右手に今まで見えなかった砂山が見える。サラサラと細かい砂。ゴビにも勿論砂はあるが小石が目立つ。砂漠とは言っても我々がイメージしている砂漠とは違う。初めてイメージ通りの砂漠が見られたと感じた。

13キロ標示を過ぎ、大きく右にカーブを切って進む。前方に緑の一帯が目に飛び込んでくる。やがて右手の視界に長く続く崖が現れる。崖に穿ったたくさんの石窟が点々と見えた。

車は乾いた大地を覆う森のような木立の中へと進む。王道士（蔵経洞を発見した僧侶）の墓を始めとする石塔が立つ広場風の空間に出る。そこを右折すると莫高窟の入り口に至る。
『莫高窟研究所』は正門を入って右手にある。暫く
そこで休憩し、撮影の交渉に入る。その結果、とりあ
えず午前中は撮影無しで見学のみということになる。
まずは17窟から見始める。重要な窟はほとんど鍵が
掛けられている。扉を開けると暗闇の空間があるだけ。
一瞬間はほとんど内部は見えない。思っていた以上に
窟内は暗い。大同石窟や龍門石窟と決定的に違うとこ
ろだ。懐中電灯に頼らないとディテールは見えない。
一気に全体像を掴むことが出来ないのが残念。王道士
が発見したという蔵経洞は、17窟を入ってすぐ右手に
あるが、真っ暗で肉眼ではほとんど絵は見ない。
我々は既に写真で発表されたものを参考にしてページ
のイメージを作ってきている。その対象が原初のまま
の真っ暗闇の祠の中にあるとは想像していなかった。

当たり前は通用しない。懐中電灯だけを頼りにして観る絵は、いちどきに全体を目に出来ないので困る。

雲崗や龍門石窟と違い、塑像や特に壁画が多いので、保存には注意がいる。途中、修復を受けているとは言え、唐、北魏などの時代の壁画が残っているということ自体大変なことである。湿度が低いことが幸いしているのだろうが流砂の危険は常にありそうだ。我々が訪れた時も、最上段の石窟の上から、滝のように砂が流れ落ちていた。やや強い風があったためだろうが、その部分の庇の瓦は落ちてなく、その砂が降る下段の回廊の屋根は、砂の重みで僅かに撓んでいた。

砂の被害はそれだけに限らない。風に吹き寄せられた砂の吹き溜りがあちこちにあった。砂時計に使っているような細かな砂だ。

多くの石窟の中では画学生が絵や塑像を模写する姿

がよく見られる。各地から泊まり込みでやって来ているのだと言う。57窟では、北京からきた女子画学生が美人と評判の樹下説法図の菩薩を模写していた。

旅の前から敦煌への思い入れと既視感が強かったので、現実に見た壁画の多くは改めて感動を呼ぶほどではなかった。ただ、学問的な視点から見れば、研究対象としては限りない魅力が秘められているように思えた。テーマをもって見て回れば、また見方は変わるに違いない。それにしても撮影条件が悪すぎる。

様々な条件を考え、まずは45窟の唐代の塑像、菩薩像を撮る。ついで57窟の樹下説法図の菩薩像。これは初唐のもの。220窟では胡旋舞を狙う。西方浄土変の一部だ。撮影の条件としてはけっして良くない。暗いことはいずれの窟も同じだが、絵が横長でストロボ照明が難しいこと。それに絵の色そのものが薄れていた、鮮明度に欠けるのが何より難点。だが中国古来の楽器、胡旋舞の雰囲気をよく伝えているのでこの窟を選ぶ。

飛天はいろいろ問題があったが32窟の阿弥陀来迎図の飛天を選ぶ。４人の飛天が比較的よく見えていること、ポーズが決まっていることなどが選択要因になる。午前中に下見した３０５窟にも飛天はあるが、北魏と時代は古いが、黒っぽい色調なので地味な感じがする。顔立ちがはっきりしていないこともあって見送った。

胡旋舞は、１１2窟にもあったが、窟が狭く、絵も２２０窟に比べたら問題にならないくらい小さい。構図はこじんまりとまとまっていて鮮明度は高かったが全体の雰囲気を比較すると２２０窟の方が優っている。

【閑話休題】

取材当時の撮影料について裏話として記しておきたい。まず、莫高窟での撮影では1カットにつきシャッターを切るのは2回までの条件で、撮影対象によって10〜50元を求められた。当時1元は150〜160円だった。

撮影料は、莫高窟に限らず各地の文物撮影で要求された。事前には知らされず、現場で求められて当初はとまどった。例えば、西安の「兵馬俑坑」ではガラスケース入りの展示品の兵馬俑だけしか撮影は認めないと言われた。しかも撮影料は、シャッターを一回切るだけで100元だという。ケース入りでは絵にならないと断り結局見学だけにした。洛陽の博物館では、文物に1級〜3級のランクがあり、それに従って撮影料は、1シャッター10元から100元までに分けられていた。

ウルムチの博物館も例外ではなく、ひと通り下見をして撮影希望の8文物を選び交渉に入った。提示された撮影料は600元とそれまでにない高額だった。交渉の結果点数を7点に絞り、500元で交渉は成立した。ただ、シャッターは2回まで。条件はどこでも同じだった。

旅の間中こうした文物の撮影交渉は不可欠だった。1カット2シャッターの撮影条件は、カメラマンにはプレッシャーになったし、取材費も嵩んだ。虚々実々の交渉も楽しみと思ってやるようにしていたが、海外取材では初めての経験だった。

*

夕食後、夕日の月牙泉を狙って砂漠の砂山へ向かう。月牙泉をとり囲む砂漠はさらさらの砂山。月牙泉そのものは、小さな泉の様なもの。水は余り綺麗とは言えず、絵になり難い。

砂丘の稜線を辿って最頂点を目指す。細かな砂に足を取られてバランスを崩す。苦しい砂丘登山になった。

頂上に達した頃、ちょうど太陽が落ちかかる。日没は9時15分。地平線が真っ赤に染まる。莫高窟の方向を見る。遠く岩だらけの山の背を目指して、手前の砂山を行けば、莫高窟の真上へ出る道がありそうだ。

こうした厳しい自然のただなかで石窟を穿ち仏画を描くことは修行のようなものだったに違いない。絵を残した多くの画工や仏教徒たちの姿は、窟内に籠もって模写をする若い画家たちの姿に見ることが出来た。

手鏡で窟外から光を呼び込む者、天井に光を当てて模写の手助けをする者、僅かに射し込む入り口からの光を頼りに絵筆を走らせる者、彼らが写し取ろうとする絵は、かってそれを描いた者の心をも伝えているのかもしれない。彼らの表情には、穏やかな中に一途の情熱のようなものが見えた。

【1980年7月3日（木）の取材日記より】

6時30分起床。8時に招待所をスタート。再度、敦煌莫高窟に向かう。前日、撮り残した57窟を撮った後、模写中の女子学生をインタビューする。

その後、159窟、12窟を見る。前日に相違して晴天で、窟内に射し込む光も多く、窟内の印象が違った。細部がよく見えるせいか、色使いなどに魅かれるものがある。改めて前日の自己採点を訂正する。

莫高窟の位置は、3石窟（敦煌、雲崗、龍門の3窟を指す）の中では最も困難なところにある。ゴビに迫り出した砂山を被り、一刀彫りで削ぎ落としたような岩肌の崖に莫高窟はある。山脈のように長く伸びた崖と緑の潤いが、不思議なオアシス風景を作っている。緑があるということは、水があるということだが、そのか細い川が崖の足元を流れていた。

おそらく、莫高窟の背後にある月牙泉という小さな泉の存在からも推測出来ることだが、砂山の地下に水量豊かな潜流があるかもしれない。

莫高窟の崖の上まで迫り出した砂山は、崖に穿たれた窟の上部から落ちざるを得ないと推察された。

莫高窟の背中側にある小高い砂丘に登ると、風は窟が穿たれた長く伸びる崖とほぼ平行して吹いていることや時間によっても違うのだろうが、少なくとも崖の上部から砂を吹き下ろすように風が吹くことは少ないのかもしれない。そうでなければ全ての窟は今のような状態でいるわけがないと思える。長い時代の間には絶え間なく降る砂で埋もれてしまっていたに違いない。前日、風が出て一時頭上から砂が降ったが、その量は我慢出来ないほどではなかった。

午後は陽関に向かう。2時出発。ジープで1時間半の行程だ。目的地までは約70キロあるという。

　敦煌市街から15分ほど走る。道中の風景は郊外風景から砂漠の風景へと変わる。道路はアスファルト舗装だが路面の状態が悪く、車のクッションの悪さと相まって酷く身体を揺すられる。揺すられっぱなしなら対処法もあるのだが、ガタンと突然激しい衝撃が来ると、背骨まで響くようで耐え難い。

　やがて、道は１６４公里あたりから左折して南河公路に入る。路傍の距離表示が零から始まっている。一面のゴビの砂漠で乾燥度が高いことは、ほとんど雑草が枯れて黄変していることからも分かる。宿に湿度計を忘れてしまったので正確な数字は判らない。鼻の乾き具合から20％程度だろうか。

　18キロ付近で川に近づく。川辺の緑がひときわ鮮やかに目に映る。その前16キロほどのところにわずかばかりの集落があり、ラクダが放牧されていた。遠く陽関遺跡が小さく望める。烽火台も見えた。枯れた草も見ようによっては一面の淡黄色の花に見える。ラクダが僅かな緑を求めて、一帯をゆっくりと徘徊していた。

中国ではラクダを数えるのに〝峰〟という字を使うという。まさに言い得て妙である。日本でも西洋でもそういう数え方はしないので、中国固有の数の単位なのかもしれない。中国のヒトコブラクダならではの数え方なのでおかしかった。

南河公路の24キロ地点にに「林場人民公社」があった。立派なポプラ並木に迎えられて村に入る。その途中から左に折れて再び砂漠に出ると、前方に陽関の遺跡が見えた。烽火台と思える遺跡を囲むように赤い小石が敷き詰めたような小高い起伏が波打つように彼方へ続いている。さながら血を流した海のようだ。異様ともいえる景観に暫く目を奪われる。「西の方、陽関を出ずれば故人なからん」と謳った当時の人々も、ここに立って西の彼方へ視線を送ったに違いない。

その西方は、視界の彼方までゴビ砂漠が続いている。地平線は定かでない。飛ぶ鳥も無く、射すような日差しが地表を照らし小石を焼いている。地表の石が赤く焼け爛れて見えるのも、石質によるだけのこととは思えない。足下に踏む石がカラカラと乾いた音を立てた。

陽関へ風死すゴビの尺の骨

1980年7月3日午後2時、敦煌を発ってジープで陽関へと向かった。全工程70キロの道のりだった。15キロを過ぎた辺りから車はゴビの砂漠に分け入って走る。道は一応舗装されてはいたが悪路に近く、時々身体に衝撃を受ける。車窓には延々と変化が乏しいゴビ砂漠の荒寥渺漠な風景が続く。

1時間ほど走っては車を降りて背筋を伸ばす。暫しの休息の間に目に出来るのは

360度のゴビ砂漠のみ。そのような道中で、ある時赤茶けた小石まじりの砂に馴染まない白い木片のような物が目を引いた。何の骨とも分からない長さ30㌢ほどの骨片だった。

中国シルクロードの取材結果は、前編、後編に分けて女性誌『MORE』の1980年11月号、12月号に掲載された。タイトルは『中国・シルクロードを行く』だった。取材期間が1ヶ月というのは『モア』では例外的なケースだったが、全30ページを費やしての旅の記事というのも最初にして最後だった。

次頁の拙文は記事の冒頭部分。今読み返してみると、取材に掛ける意気込みが伝わって来て懐かしい。特に中国の少数民族へ共感の眼差しを向けていたことに自分のことながら嬉しい思いで読み返した。

それにつけても、現地で触れあった穏健なウイグル族の人々の目下の状況を思う時、酷い統制下で伝統文化の存続も危うい苦難の状況を強いられている現状には怒りと悲しみが込み上げて来る。

世界地図が、いまだ不確かな
空白に満ちていた時代、
すでに東と西を結ぶ道はあった

月から見える地球上唯一の建造物と言われる万里の長城に立った。小さな眼は収めきれない壮大な風景に酔い、思考は時間の海に溺れかけた。

中国――それはたじろぎを感じさせるに十分だ。象のお尻を撫でながら全体像をつかもうとしている蟻のような存在に自分が思えてくるからだ。

シルクロードの歴史を見てみよう。比較的馴染みのある長安の都、そこに西域の風俗が花開いた唐の時代から数えても、1、360年余りの時が流れている。

古くは有史以前にまで遡る。

一般にシルクロードと言うと、砂漠や駱駝、隊商のイメージで語られる。けれど、東と西を結んだ道は、オアシスからオアシスへと砂漠を越えて行った道だけではない。北方の草原、南の海上を渡ったルートもあった。それらの道を通り、様々な物や文化が交流した。絹だけではない。仏教の伝来した道でもある。さらに、琵琶や箜篌などの楽器や音楽、石榴、胡麻、胡瓜、胡豆、胡桃、葡萄などなど、数え上げたらきりがない。

それらはやがて、海を渡り日本へやって来た。絹の道の東の終点が日本だと言われるのもそのためだ。

今、中国の人口は10億を越えていると言われている。その96パーセントは漢民族だ。だが、全土の50～60パーセントの地域を占めているのは、56種族にも上る少数民族の人々である。シルクロードとは、過去もそうして現在もそうした異る顔を持った少数民族の人々の生活の舞台でもある。

野兎の添寝する如売られをり

季刊誌『セゾン・ド・ノンノ』を創刊号から担当した。2年半後、編集部は女性誌『MORE』の創刊（1977年）へ向けて発展解消した。

両誌の取材でよく海外へ出掛けた。読者の希望が多いヨーロッパが中心だった。田舎の風景に魅かれる契機にもなった。

スペインのコルドバ近郊の寒村を訪れた時のこと、野兎が無造作に台に並べて売られていた。素朴で野趣に富む田舎の生活が垣間見えた。

『セゾン・ド・ノンノ』は編集者にとって得難い雑誌だった。女性読者をメインにしながらも、一般誌的なテーマの広がりを意識した内容で衣食住を中心に、生活に関わるすべてのテーマを特集主義で取り上げた。それまで担当していた少女誌『週刊マーガレット』から人事異動しての新たな使命だった。

創刊号は『大特集フランスの本』で、旅を根底に置きながら、見る、装う、食べる、読む、聞くなど、多面的な視点でまとめた一冊だった。

その巻頭言にあたる文を任された。創刊誌であることのプレッシャーに加えて、冒頭で創刊号の意図を伝える宣言文のようなもので、重い任務だった。自分の力を試されるようなプレッシャーも加わった一文だった。数々書いた文章の中でも、その優劣云々の批評があるにしても特に思い出深いものとして記憶に残っている。

その時から47年の年月が経っている。自分にとっては、昨日のことのように新鮮で思い出深い。半世紀近い前の創刊誌に賭けた日々の高揚感が伝わってくる。

以下に、その昭和49年10月発行の『セゾン・ド・ノンノ』創刊号の文章を再録させていただいた。

美しきフランスへの賛歌

高さを揃えた石造りの町並み、街を行く車にあしらわれた愛嬌のあるデザイン、ショーウィンドーが奏でる、はっとするような色と光のハーモニー、公園や庭園の淡麗なフォルム、ブティックの洒落た誘惑、パリジェンヌたちのさりげなくも誇らしげなファッションセンス——。

パリの街をちょっと気をつけて歩いてみましょう。フランス人の妬ましいほどの〈良き感覚《ボンサンス》〉が、あなたの目を楽しませてくれます。

フランスには世界に誇る悦品、傑作が数多くあります。〝楽しくて気持ちがいい〟ボルドーワイン、グルメの舌も黙らせるフランス料理、香りの宝石とも言える香水、そしてファッションと、いちいち数え上げたら手足の指を折っても間に合いません。ここにも、フランス人の〝確かな感覚〟は見事に息づいています。

それらが最も生活に密着したものであるだけに、フランス文化の地についたしたたかさを感じないではいられません。

左の建物は市庁舎。フランス革命当時は刑務所で、
処刑前のアントワネットが収容されていた

オルセー美術館からの風景。左にオペラ座、右にサクレクール寺院を置いたパリ中心街。緑の手前をセーヌ川が流れている

ボードレールは詩います。

ばら色とみどりの岸にまもられて
青々と水は流れた
幾万里見渡す限り
世界の果てし目指して

セーヌ、ロワール、ローヌ、ガロンヌ川が潤す豊かな大地と、さまざまな資源に恵まれたフランス。その自然と人間の睦びは、多くの有名な画家たちが、そのキャンバスに塗り込めてきた、自然と人間との調和を、身近な日々の幸せに生きる喜びを求める〈精神《エスプリ》〉をはぐくんできたといっていいでしょう。

その〈精神《エスプリ》〉こそ、フランスの人々が共通して持つ文化の〝根〟だといえます。

今、アメリカを先がけとして１９２０〜30年代の〝古き良き時代〟への郷愁が、人々の心をとらえはじめています。

人間の心を無視し、自然を破壊してまでも追い求められてきた科学の進歩――その両刃の剣に傷ついた人々の、安らぎを求める心の姿だといっていいでしょう。

進歩という美名のもとに傷ついたのは、自然とても同じです。さまざまな文化遺産も安閑として時の流れに身をまかせていられません。この行方知れずの流れに私たちの国もいま漂っているといえます。

自然との調和の世界――わたしたち日本人にとってこそ、それは文化の「根」であり、〝心の故郷〟であったはずです。

今、私たちは帰ることの出来る〝心の故郷〟さえ、失いはじめているといっていいでしょう。

日本の観光客が好んで訪れるモンマルトルの北、クリニャンクールの蚤の市を覗いてみましょう。

フランスの人々が、2代、3代にもわたって使い古した日用品や装飾品、廃物利用の品々を集めた店が、ところ狭しと軒を連ねています。

そこに立つとき、皮肉まじりに言われる〝締まり屋〟フランス人のイマージュを超えて、自分たちの生み出した文化に対するフランス人の温かないつくしみの心を感じないではいられません。と同時に、人間を無視した進歩に頑固なまでにノンと言いつづけてきたフランスの人々の心が伝わってくるような気がします。

ひたすら失うことに慣れてきたわたしたちにとって、過去が見事なまでに現在に生き、新しい息吹きには気を配りつつ変わりゆくパリの街、それを抱くフランスの国を、今こそ見つめ直していいのではないでしょうか。そのよすがとして、セゾンはこの特集をあなたにお届けしたいと思います。

この3年後、『セゾン・ド・ノンノ』の編集部員8人がそのまま中心メンバーになって月刊女性誌『MORE』が創刊（1977年）された。『セゾン・ド・ノンノ』に引き続いて、2誌目の創刊に関われたのは、編集者として幸運なことだった。

創刊前に日々重ねられる編集会議は、無から有を生む知的作業で刺激的なものだった。それによって創刊誌のスタートダッシュが決まる重要なものでもあった。幸い『MORE』は好スタートを切ることが出来た。

編集者としての3度目の正念場は、まだこの後にあった。

1982年、それまで集英社に無かった実用書のジャンルを開拓する、願ってもない創刊の任務が待っていた。『ノンノ・モア・ブックス』の創刊だった。その創刊時に発案したのはコンピュータ時代を見越して各女性誌が生み出した料理、インテリア、美容、旅などの使用写真一枚一枚に固有の背番号を付すことだった。

その結果、編集者、カメラマン、スタイリストが情熱を込めて生み出した写真に再生の命を与えることが出来た。質の高い宝の山を手にしたように思えた。年々山は高くなっていった。その山から本の企画が湧水の如く湧き出してきた。

朧夜や笑ふ家守の背が光る

1987年、初めてインドネシアのバリ島へ行った。ウブド近郊の〝木彫の村〟に滞在した。朝、スピーカーから朗々と流れる回教寺院の祈りの声で起こされた。宿の周りは田圃で、夜には無数の蛍が飛び交っていた。部屋には番《つが》いの家守が住み着いていた。夜、ベッドから見上げていると交尾する背中が不気味に光った。この時の旅を踏まえて、2度目の旅の時にバリの風土と文化を1時間半にまとめた私家版ドキュメンタリービデオ『バリ（BALI）』を制作した。映像のハイライトは、たまたま遭遇した公開火葬の一部始終になった。

当時は小型のビデオカメラが無かったため、肩に乗せて撮る重いカメラを携えての旅だった。総撮影時間は6時間余りに及んだ。それを編集し、ナレーションの原稿を書き、家族が寝静まるの待って音入れした。編集機器は使わず、ビデオ2台を駆使した苦労の編集作業は今では懐かしい思い出になっている。

2年ほど前、仕舞い忘れていたそのビデオテープが出てきた。折角の労作が劣化してはと思い立ち、カメラ店でCD・ROMに変換して貰った。拙い苦心の編集が、今となってはむしろ稚拙な手作り感を醸し出して、私家版ならではの臨場感があると自画自賛している。

異境更《ふ》くへっほふへっほふ家守鳴く

2019年2月、苦手な寒さを逃れてバリ島ウブドのB&Bに1ヶ月滞在した。3度目のバリから20年が経っていた。主要な通りに店が増えたという印象はあったが、記憶に残る20年前の印象と大きく変っていないように見えた。

朝は早くから鶏や野鳥の声が絶え間なく、夜は家守が鳴いた。最初は、初めて聞く〝へっほうへっほう〟の鳴き声の主が何なのかわからなかった。画家でもある宿のオーナーのサンタナに聞いたところ、家守だと教えられた。

蝸牛背に一滴の陽を灯す

夕方、驟雨が30度近い昼間の熱気を落ち着かせた。2019年2月、バリ島のウブドの宿でのこと。ベランダで移ろう夕暮れの光を眺めていると庭木の枝下を這う蝸牛《かたつむり》が目に止まった。暑さがおさまり、草木が濡れるのを待って動き始めたようだった。殻の雨滴が夕日を受けて、時折宝石のように煌めいた。

糸杉や羊の群れは片陰に

ヨーロッパを旅していると、特徴的な糸杉のある風景を目にすることが多い。2010年、イギリスのコッツウォルズ地方をレンタカーで巡った。絵の制作が目的の旅だったが、2週間で全走行距離600キロを超え、ほぼ全域を走破した。林立する糸杉並木と開けた牧草地が作りだす開放的な田園風景をよく目にした。日差しを避けて木陰で憩う羊や牛の群れも、ヨーロッパの田舎では長閑で見慣れた田園風景になっている。

この時の旅でテムズ川の源流に立った。コッツウォルズのサイレンシスターという町の近くだった。その源流は、ここが!?と訝るような野原の中にあり、しかも源流を示す石碑はあっても水が無い、意表をつくような場所だった。

これより1年前に、セーヌ川の源流から河口へと辿る旅をしている。次いで、2014年には、南ドイツの旅でドナウ河の源流に立ち、図らずもヨーロッパの三つの大河の源流を踏むことが出来た。全ては、2012年10月にスタートした「旅するような絵画展」シリーズの取材のための旅でのことだった。

ルアーブルからバスで５０分。大西洋に面した石灰岩の岸壁が
個性的な風景を造る。その景観こそ多くの画家に愛された

6月やノルマンデイよエトルタよ

ノルマンディー地方へは2019年までにあちこちへ5回行った。どんなところかと問われてもエリアが広い上に、街も風景も多様なので一口では答えられない。特にエトルタ海岸には絵心を刺激された。滞在していたルアーブルからバスで40、50分の日帰りの旅だった。

英仏海峡に面した約1.5キロの海岸線が形作る景観は多くの画家を魅了した。モネ、クールベ、マチス、日本人画家では宮本三郎、香月泰男らが競うように石灰岩の断崖や奇岩の海岸風景を描いている。

エトルタには興味深いエピソードがある。『星の王子さま』の作者で知られるサン・テグジュペリのことだが、彼はフランスから自らロッキードF-58機を操縦して飛び立ち、地中海上空で行方不明になった。その行方は長い間謎だったが、2004年にマルセーユ沖、リュウ島近くの海域で偶然機体が発見された。

その銀色の機体は、海に出る直前にエトルタの断崖上空を通過するのが目撃されていたという。それを最後に、洋上へ出てから消息を絶ったと言われている。

またエトルタの岬に〝針岩〟と呼ばれる奇岩がある。アルセーヌ・ルパンの作家モーリス・ルグランは、その針岩に触発され『奇岩城』を書いたと言われている。共にエトルタを語るときにエピソードとして話題にされることが多い。

首夏の原セーヌ源流跨ぎ立つ

セーヌ川の源流はディジョンの西方約30キロのところにある。2009年6月、積年の好奇心と一抹の不安を抱きながらタクシーをチャーターして向かった。

源流はそのイメージに遠く、「こんなところに!?」と思える公園風の緑地の中にあった。まず、高さ2、3メートルの岩山の祠のような窪みが目に入った。中に水の女神と言われるセクアナ像が横臥していた。像の下から湧水が湧き出し、祠の中の小さな泉を満たしていた。それが紛れもないセーヌ川の源流となる〝水溜り〟だった。祠から流れ出た一筋の清流は、よく管理された緑地公園風の野原へと流れ出る。そのセーヌの原初の流れはひと跨ぎほどの幅しかなかった。

スルス・セーヌ村のエリアの中にあるこの源流の地は、古くから巡礼地だったという。今は訪れる人も少なく自然公園風の佇まい。〝飛び地〟としてパリ市の管轄下にあり、パリ市から選ばれた管理人によって管理されている。セーヌ川の一番目の橋は、長さ3、4メートルの石橋で、祠から数十メートルのところに架かっている。

この源流行の3年後、セーヌ川に沿って河口へと辿る旅をした。その二度の旅で「セーヌ源流から河口まで」をテーマにした絵画行は完結した。結果は2013年秋、前年秋に「コッツウォルズ展」でスタートした『旅するような絵画展』シリーズの第2回展で発表した。

同シリーズ展は、2021年秋の「オランダ水紀行」で8回目を迎えた。ちなみに、第3回展はベルギーの「フランドル地方」、4回展はドイツ「黒い森逍遥」5回展はイタリア「トスカーナの光と風」、そして6、7回展は、特別編として「フランスの美しい小さな村」を前編、後編の2回に分けて紹介した。

この後、当シリーズ展は共に思いも掛けない自身の怪我とコロナ禍に見舞われ、計画の大幅な変更を余儀なくされてしまった。

2021年の6月現在、コロナ禍は変異ウィルスの段階に入って相変わらず先の見えない状況が続いている。昨年以来海外へ出ることが出来ず、その状態は翌年まで続きそうで、シリーズ展の去就にも関わる事態となっている。

セーヌ川の源流風景。奥の石像は水の女神セクアナ。
そこから流れ出た湧き水が源流の小さな流れを作る

七つ子の母鶴せわしく笑へりき

2018年6月、オランダの田舎を中心に2週間ほど旅して回った。アムステルダムからバスで20分ほどのところに、ブルック・イン・ワーターランドという静かで落ち着いた別荘地のような小さな村がある。

運河が目の前を流れるB&Bを宿にした。朝晩、水辺のベランダに出て運河を行き来する水鳥の生態を眺めるのが愉しみだった。

子育て中の鶴は気が荒い。警戒して鳴くその声は人の笑い声にも聞こえた。自宅近くを流れる野川でもあまり目にしない、その生態はとりわけ興味深かった。

短夜や古色の梁の薄光

集英社をリタイア後、『旅するような絵画展』と題した油彩画のシリーズ展を続けている。2021年秋の『オランダ水紀行』で8回目になる。ヨーロッパを舞台に一国一エリアに焦点を絞って描いてきた。

2015年、第5回展の取材でイタリアのトスカーナ地方を巡った。掲句は、古都コルトーナの重厚な趣の宿での体験からから生まれた。ダ・ヴィンチが生まれ育ったヴィンチ村を訪ねたのもこの時で、ダ・ヴィンチに傾倒する契機となる旅でもあった。

人生最初の海外旅行は1968年のヨーロッパ旅行だった。個人旅行ではなく取材旅行だった。当時担当していた『週刊マーガレット』の企画で選ばれた読者2人を伴っての旅だった。編集部全員の見送りを受けて羽田を飛び立った。

主要な目的は、当時『小さな恋のメロディ』で大人気の子役マーク・レスターを新作映画の撮影現場に訪ねてインタビューし、同行のカメラマンが読者と一緒に写真に収めることだった。途中からトレーシー・ハイドが駆けつけるハプニングもあって、中学生と小学生の2人の読者共々大いに盛り上った。

映画の主役はカーク・ダグラスだった。バカンスを兼ねて一家で顔を揃えていた。場所はユーゴスラビアの黒海沿岸にある、日本では馴染みの薄いリゾート地で、スタリニグラード・パクレニカというところだった。

日々撮影が終わると、ロケ隊と共に湖の様な黒海の海辺で余暇を楽しんだ。自分のカメラで撮って貰ったカークとのツーショットは、思いも掛けないカメラのトラブルで記憶の中にしか写っていない。残念な思い出になっている。

その取材の帰路のこと、ギリシャへ飛ぶ飛行機の予約が取れず困り果てた。

意を決して、カークの滞在するホテルへ出掛けて行って助けを求めた。翌日には希望の4席が確保出来ていた。世界的スターの力を実感したものだった。

その後パリに入り、『ルーブル美術館』で初めて『モナ・リザ』を観た。思っていたより絵のサイズが小さかったこと、性を超えていると感じた彼女の妖しい微笑、その直感的な印象が脳裏に刻まれた。

以来、パリは2019年までに仕事と個人旅行で10数度訪れている。特に絵画、文学の面で尽きない魅力を持つパリに魅了され続けている。

《追記：2020年2月5日、カークが103歳で逝去した。期せずしてその日は自分の誕生日だった。結果的に、カークと会ったのは27歳の時だとわかった。半世紀余りも前のことだったのか、と暫し思い出に耽った。》

第七章　蓼科高原春夏秋冬

冬に入る若鹿の目の野性かな

1983年、蓼科高原に長年の念願だった山荘を建てた。蓼科との出会いは遥か20代に遡る。少女誌『週刊マーガレット』の編集を担当していた頃のことだった。

1970年のある日のことだった。会社に長野県小諸の別荘地開発を手掛けていた不動産会社の営業マンが訪ねて来た。長門村が開発を依頼した「学者村」という別荘地の販売が目的だった。現地見学へは往復特急券を提供するという誘いに乗って、秋の一日行楽気分で出掛けてみた。全く気持ちが無かった訳では無かった。別荘というものではなく、信州にささやかな山小屋を持つという夢だった。それは遠い将来の可能性ある夢として適っているように思えた。〝田舎暮らし〟という少年時代にルーツを持つ、変わることのない夢でもあった。

現地を見たことで気持ちは一気に動き始めた。１区画１００坪１５０万という数字も若年サラリーマンが将来の夢を買うには適っていると思えた。

やがて、20代の最後に撒いたそのささやかな夢の種は、長い年月と新たな人々との出会いがあって40代になって芽を出した。

１９８３年、当初の小諸から蓼科高原へと場所が変わる予想外の発展的な展開を経て、遂に夢だった山荘が竣工した。この時の判断がどれほど貴重だったかは、時間が経つほどに実感することになった。少年時代とは違った自然は新鮮で飽きることが無かった。一気に行動半径が広がったという実感があった。

以来、標高１、３２０㍍、唐松と赤松の林の中に建つ山荘は、その後の人生に計り知れない精神的恩恵を与え続けてくれている。金銭に替えられるようなものではない。蓼科は愛する第二の故郷として不可欠の地になっていった。

その蓼科では２０００年代に入って鹿を目撃する機会が増えた。季節を告げる庭の花や路傍の山野草まで食べ尽くしてしまうのには閉口した。農作物の被害が多い農家はもとより、別荘地でも次第に嫌われ者になっていく。

２０１７年５月、遂に霧ケ峰高原名物のニッコウキスゲに防護柵が巡らされた。

餌不足を窺わせる、冬を越せずに餓死する鹿の話が耳に入ったのもこの頃だった。自然の共有者として、その現状には哀れさと一抹の後ろめたさを感じてしまう。

花盛る茄子畑に無き香りかな

1983年、建築中の山荘が竣工に近づいていた。その完成を待ちかねるようにして、その年の夏から蓼科との触れ合いが始まった。

蓼科通いが始まって2、3年した頃のことだった。蓼科高原へと上る「メルヘン街道」脇の畑の農婦の方と知り合った。山荘へ向かう途上、その〝おばさん〟の姿を見掛けると、車を止めて立ち寄るようになった。暫しお喋りをし、時に収穫の手伝いをしては新鮮な野菜をいただいてその格別の味を楽しんだ。

戦後20年ほど、母は結城変電所の敷地内にあった社員用の僅かな畑で四季折々身近な野菜作りに精を出していた。時にその手伝いをするのが自分の役目のひとつだった。見よう見まねで野菜作りなども覚えた。夏には冷水で冷やしたトマトを、きゅうりは味噌を付けて丸かじりするなど、新鮮この上ない味を楽しんだものだった。

谷おぼろ川音に沿ふ村灯

蓼科に通い始めた1982年頃、中央高速は勝沼と昭和インター間は繋がっていなかった。諏訪南インターを下り、蓼科高原に向かう際は途中2、3の集落を抜けて走る、夜間が多かった。村が寝静まった夜中に道に迷ったこともある。やがて、その集落の一つが谷間へと下ることなく越えられる橋が出来た。以来、眼下に集落の夜景を見下ろして走るようになった。橋は道幅がないので、途中で車を止めることが出来ない。減速して橋上から集落に目を落として通り過ぎるのが習慣になっている。

その村の中を一筋の小川が流れている。川を跨ぐ古びた石橋が村の歴史を物語っている。その橋のたもとに一本の大きな山桜をある。奥には八ヶ岳の山並みがあり、小川が山と村を繋いで奥行きのある風景を作っている。

春にその山桜が開花すると、村にひとときの華やかさが生まれる。山が、小川が、古い石橋が、そして桜が魅力的な構図になって絵心を誘う。同時に、やがては消えてゆく鄙びた集落風景への哀惜感を感じさせられる。

蓼科で好きな風景のひとつが諏訪南インターへの道の途中にある
早春の里山風景。山桜と奥の八ヶ岳連峰が引き立て合っている

ゐぬふぐり季節は日向より動く

東山魁夷の代表作に『緑響く』という絵がある。湖畔の唐松林に白馬を配した静謐な雰囲気の絵だ。蓼科の「御射鹿池《みしゃかいけ》」をモデルに描かれたと言われている。背景の唐松林や木々の新緑が湖面に映える時期がいい。

実は、御射鹿池は農業用の溜池として作られた池であることを知る人は少ない。季節の移ろいを感じさせてくれる環境の中にはあるが、通常は気負い込んで行くとちょっと肩透かしをくいそうな〝名所〟でもある。

ところが、青緑色に輝く水面が周囲の森を映して東山魁夷の世界へ変貌する〝絶景〟の時がある。それは霧が出た時だ。唐松林を背景にした池は、たちまち幻想と詩情漂う小さな湖の情景へと一変する。

池は奥蓼科温泉郷へ通じる街道沿いにある、この地域は秋の紅葉時期に大きく印象を変える。蓼科へ行くとその年の紅葉具合を見に、また、季節の移ろいを感じるためによく訪れる好きな場所の一つになっている。

山霞山重なれば山動く

蓼科高原へは諏訪南インターを下り、「ズームライン」、「エコーライン」と名付けられた観光道路を辿って走る。麓の村の芹ヶ沢に近づくと、四方に風景が開け、八ヶ岳、南アルプス、中央アルプスの山々に囲まれる。山嶺連なる360度の開けた視界。その圧倒的な景観の中に立つことが出来る。

季節と天候で風景は様々に表情を変える。霞を纏って連なる山嶺は棚引く霞の僅かな動きによって、あたかも動いているように見える時がある。また、量感と力感のある雲が掛かった時の山は、一段とドラマチックな表情を見せる。

春の鳶水田の空を争ゑる

蓼科高原の麓の集落では、田を耕し水を張る頃になると農家の動きが目立ってくる。虫や爬虫類が目覚め、それを狙う野鳥たちの動きも活発になる。

この時期、タカ科の鳶をよく目にする。田の上空を悠々と舞いながら眼下の獲物を探す。時に縄張り争いから侵入者と空中戦を繰りひろげる。声無き制空権争いは、早春の空の見ものにもなっている。

山笑ふお花聲飛ぶ村歌舞伎

15年ほど前の5月、大鹿村へ行った。南アルプスと伊那山脈に抱かれた小さな村だ。蓼科の山荘から杖突峠を越えて桜の名所高遠へと走る。高遠からは、小渋川沿いのほぼ一本道を南アルプスの山懐へと向かう。途中にゼロ磁場で知られるパワースポット、分杭峠がある。高遠から村までの所要時間は、約1時間ほどだ。

落人伝説のある村は、江戸時代から伝承されて来た村人による伝統的な農民歌舞伎で知られている。春と秋の2回の公演には、多くの観光客が訪れている。

春は5月3日、秋は10月の第3日曜日と決まっている。観光客を除けば、観客と役者は皆村人同士で顔見知りということもあり、屋外の会場はいやが上にも盛り上がる。村人から次々と舞台へお花（おひねり）が投げられ、声援が飛ぶ。長年、小さな村に守り伝えられて来た貴重な文化遺産でもある。

諍ゑつ鴉落ちゆく棚霞

蓼科に「メルヘン街道」と愛称の付いた観光道路がある。八ヶ岳の峠道を越えて佐久や清里方面へ通じている。最高地点は標高2、127㍍の麦草峠で、蓼科高原からは九十九折の気が抜けない道が続く。峠に近づくと見晴らしのいい展望台がある。八ヶ岳はもとより南アルプスの山嶺が見渡せる絶景ポイントになっている。特に紅葉の季節と山々にうっすらと霞がかかった日の展望は素晴らしい。

『小福』といふ飯屋の昼の初秋刀魚

茅野駅から蓼科高原へ上る道として「ビーナスライン」と「メルヘン街道」がある。後者は観光道路であると同時に、生活道路として人々の往来も多い。

その途中に、中年夫婦が営んでいる『小福』という小さな和食屋がある。山荘に滞在中、魚が食べたくなると買い物を兼ねて山を下り、立ち寄っている。『小福』とは、そんな動機で長年繋がっているお店のひとつだ。

大空に風の川あり赤とんぼ

夏は二、三度、蓼科でのゴルフが恒例だった。標高1、200㍍、汗をかかず爽やかな高原のプレーが愉しめる。さすがに8月の日中の日差しは強いが、早々に赤とんぼが舞い始める。鱗雲が出始める下旬頃には蜻蛉の数が一段と増える。川を群れ泳ぐ小魚の如く風に乗り、青空を群れ飛ぶ姿は秋が間近なことを告げる。

2019年4月、プレイ中に思いも掛けない胸椎の圧迫骨折を起こしてゴルフを失った。ホームコースの蓼科高原CCでのことではなく、埼玉のゴルフ場でのこと。第12胸椎は台形に潰れて全治3ヶ月の宣告を受けた。後遺症もなく治ったのは幸運だった。潰れた骨は元に戻る訳ではないので、再発の危険を考えてゴルフを止める決断をした。毎年春夏に蓼科で恒例のプレーをし、山荘で歓談の時を楽しんでいた友人たちの楽しみをも同時に奪ってしまったことが一層無念だった。

ゴルフのラウンド時には、毎回各ホールの一打一打を手帳に記録していた。その自作のゴルフ手帳Ⅰ冊に3ラウンド分が記録出来た。自らのプレイに腹を立て、書き落としたりすることもあった。そんな日は、帰宅後プレイを思い返しながら一打一打書き入れていた。まさに趣味としか言いようがない。

それでどれほどゴルフが変わったかと問われれば、イエスともノーとも明快に答えられない。ただ、〝書斎のゴルフ〟の愉しみが倍加したことは間違いない。ゴルフ手帳を見ながら、全ホールの一打一打を思い返しつつ〝一人反省会〟が出来るので、次回のプレイには生きていたはずだと思っているのだが――。

処分出来ない本と同じに、ゴルフ手帳も断捨離出来ずに蜜柑箱一杯残してある。ラウンド出来なくなった今、それを見返すのはなんとも切なく出来ないでいる。

掲句外に、「糸蜻蛉美人薄命死語となり」がある。

切り通す路肩へ五尺萩の舌

奥蓼科温泉郷への道の途中に『辰野館』という温泉旅館がある。広い敷地の白樺林が美しい。宿の主人にお願いして庭に入り、両側に白樺が連なる小道を描いたことがある。宿の反対側には道路を挟んで宿専用の短いスキースロープがあり、細い遊歩道が山へ向かって続いている。初秋の時期、その途中の切り通しの辺りに、背丈ほどの高さから満開の萩の花が道を覆う様に垂れ下がって美しく咲く。

雲湧くも雲脚の萎ゆ晩夏かな

山の秋は早い。8月になると赤とんぼが舞い始め、お盆の頃になると一気にその数を増す。蓼科高原ではどこにいても八ヶ岳の山並みが目に入る。盛夏、横岳から蓼科山へと連なる山嶺には力強く入道雲が湧き立ち、山の夏を演出する。8月も終わり頃になると、入道雲は湧いても湧き上がる力に欠け、その脚元は力無く萎えて秋が近いことを感じさせてくれる。

峠路や野の花風に兆す秋

峠路の四季は平地より一足早く動く。微妙な移ろいは自らの足で歩かないと味わえないが、車で駆け上れば一気に季節を先取り出来る。

蓼科から辿れる峠に麦草峠と杖突峠がある。杖突峠は眺望はもとより越えた先にも魅力がある。桜の高遠、そして山辺の道を南アルプスの山麓へ奥へ奥へと辿れば、農民歌舞伎の伝統が今に残る大鹿村がある。

尾根芒遥かの湖《うみ》へ活けにけり

「ビーナスライン」は、諏訪インターから霧ケ峰高原へ走る観光道路だ。昭和58年、蓼科に山荘を建てて暫くの間は利用していたが、諏訪南ICからの道を覚えてからは、蓼科から霧ヶ峰方面へ走る時以外利用しなくなった。

霧ケ峰高原への途上、「すずらん峠」に蓼科山の登山口がある。当初、そこには山小屋風の茶屋があったが今はない。その跡地の裏から車山へ散歩感覚で縦走できる尾根道がある。とりわけ、初夏のニッコウキスゲ、秋の松虫草の季節は、近景も遠景もことのほか美しい、遊歩が楽しめる道になっている。

九十九折やがて初秋の風の中

国道90号「メルヘン街道」を車で麦草峠へと走る。ハンドル操作に気が抜けないカーブが連続する、オートバイのツーリング族に人気が高い峠道にもなっている。峠近くの原生林に埋もれて周囲1.5㌔の「白駒池」がある。池と名付けられているが、小さな湖という表現が当たっているように思う。

「白駒池」へは峠道から標識に従って原生林の中へ入り、湖へと通じる林道を10分ほど徒歩で辿る。林の中は朽ちた倒木と一面の瑞々しい苔で覆われ、夏でも清涼な空気に包まれて、原初の森の雰囲気を感じさせられる。

10月初旬には、湖畔を彩る紅葉が素晴らしい。それを地上からの絶景とすれば、湖畔から僅かの登山で登れる〝高見石〟と呼ばれる突出した岩山からの景観には、思わず声が上がる。まさに高見からの絶景になっている。原生林に包まれた湖は一層その神秘性を増し、麦草峠から遠くは佐久、軽井沢、浅間山へと繋がる雄大な風景が２０００㍍以上の高見から一望できる絶景ポイントになっている。

白駒池を囲む原生林には見事な苔が繁茂している。
標高２１２７㍍の麦草峠が抱く秘蔵の原生林だ

蓼科湖の紅葉風景。雪と紅葉の盛期が重なる年は多くない、
雪の八ヶ岳と紅葉の蓼科湖が重なればそれは必見の景

秋色や湯屋の一会の国談義

蓼科高原一番地にホテル『ハイジ』がある。蓼科の観光開発の経緯を記した本によると、開発の一助に茅野市が皇族の東伏見家にその地を提供したのだという。皇太子時代の現天皇が八ヶ岳登山の際、宿にしていたのも東伏見家との縁がある。

2020年春、その『ハイジ』が休業した。当初老朽化による建て替えと聞いたが、身売りの噂もある。蓼科高原のことを思いながら一抹の寂しさを感じた。

個人的なことだが、同じ別荘地の住人として画家の今井敦氏と親交があった。示現会のメンバーで度々日展に入選していた。今は故人となられた氏が『ハイジ』のダイニングの壁面に、ホテルの名の由来となっているアルプスの少女ハイジを題材に壁画を描いている。完成後に観に行ったが、かなりの大作でホテルの去就と共にその行く末が気になっている。

ハイジの反対側にある蓼科最初の温泉宿『小斎の湯』は、知る人ぞ知る名湯。標高1、200㍍の露天風呂から蓼科湖は眼下に近く、遠く南アルプス連峰を望みながら浸る、素朴な風情の山の湯は格別の癒しのひと時になる。

山葡萄雨降り初むと惑わせる

山荘裏の唐松の大木に、それに見合う太い山葡萄が巻きついている。ある秋のこと、茸採りをしながらその周辺を徘徊していると、ポツンと雨音がした。雨が降る気配がないのにと訝しく思いながら足元を見た。赤紫に色付いた小さな葡萄の実が落ちていた。太い蔓の先へと視線を辿ると山葡萄の房が見えた。雨音と思ったのは、直径5ミリほどの小さな山葡萄の実が落ちる音だった。

蕎麦の花外湯巡りの閑歩かな

山荘暮らしの愉しみの一つは山荘から3、4キロ圏内に点在する温泉宿にもらい湯をすること。ほとんどの温泉は入湯のみの利用が可能だ。蓼科中央高原をはじめ、横谷温泉、奥蓼科温泉郷などに加え、町営の温泉施設もある。温泉街の町湯巡りとはまた趣が違う、ウォーキングや自然散策を含めた温泉巡りが愉しめる。

人の世と出会ひ野兎立ち竦む

蓼科では野生動物とよく出会う。鹿、狸、狐、野兎、白鼻心《はくびしん》など、動物好きには嬉しい。出会い頭の驚きの表情と、立ち竦みつつ放つ野生の目の輝きがいい。

就職で上京した18歳当時の自分と重なる。東京タワーの建設が始まった頃のことだ。新天地へ踏み込んだ野兎のように、警戒心に勝る好奇心で銀座、新宿界隈を彷徨った。都会に慣れるというより将来もろとも飲み込まれないようにという、漠とした思いを抱きながらのことだった。

唐松の饒舌を聴く暖炉かな

山荘の暖炉に火を入れる時、最初は火の着きがいい唐松の小枝を燃やす。パチパチと音を立てて弾けながら燃える。後は唐松や赤松の枝を燃やす。揺らめく炎と薪の弾ける音――途切れることのない木々の おしゃべりを聞いているだけで、飽きることがない。無為の時間に身を任せ、満ち足りた時の流れを愉しむ。

冬ざるる茶店のドアに「冬眠中」

蓼科の冬は厳しい。零下17、18度、或いはそれより低くなる。50代までは山荘でよく年を越した。冬期の山荘は水の管理が厄介だ。滞在中は配管に巻いた熱線の助けを借りて凍結を防ぐ。帰る時は〝水抜き〟という作業が不可欠だ。綿密にやったつもりでも、時に水回りのトラブルで次回に行った時に慌てふためくことが再三あった。

　友人をスキーに招いた時のことだった。夕方に山荘に着き、水の元栓を開けたが水が出ない。配管の凍結だった。場所が特定出来ないまま、已む無くその夜は水を使わず外食した。午後に戻る頃には凍結部分が融けているだろうと楽観して、翌朝早々にスキー場へ出掛けた。ところが、午後に戻ってみると玄関の扉の下から止めどなく水が流れ出していた。洗面所の下の配管の亀裂が原因だった。昼間に凍結が溶け、破裂した所から水が吹き出していたという訳だ。友人には散々なトラブルに付き合わせてしまう結果になってしまい大いに恐縮した。

　そんなことも若い時は厭わず、年末年始を山荘で過ごすことが多かった。蓼科湖のすぐ近く、ビーナスラインを挟んで反対側に聖光寺《しょうこうじ》という寺がある。大晦日には除夜の鐘を撞きに行くのが恒例だった。その時だけは除夜の鐘を撞く人、新年を祝う参拝の人達で寺と湖の周辺は賑わった。

　冬の蓼科は観光客が激減する。厳寒期には完全に閉じてしまう店もある。スキー人口の減少と、着実に進む別荘族の高齢化がその背景にあるように思った。

真冬日や鉄塊《かたまり》の増幅器

40、50代は、家具とスピーカーの制作に熱中していた。まずは山荘に必要なテーブルや椅子、フロアースタンドなどの家具をデザイン・制作していた。

一通り家具が揃うと、今度は家具制作の時代に揃えた電動工具を駆使して、スピーカーの手作りを愉しんだ。『レコード芸術』や『ステレオ』などのオーディオ誌を毎月愛読していた。特に『ステレオ』誌に掲載されていた山岡鉄男氏設計のスピーカーに興味を引かれ、設計図をもとに〃スワン〃や〃モアイ〃を自作、辺り憚らず大音響で聴ける環境を謳歌していた。周辺に気遣いなく大音響が出せる環境は、オーディオマニアとしてこの上ない至福と言っていい。

〃モアイ〃は今も山荘でホームシアターのメインスピーカーとして活用している。重低音を担うウーファー、超高音を担うトゥイーターを加えた5チャンネルのサラウンドは圧倒的で、山の中の小劇場を独り占めする愉しみがある。

〃スワン〃は目下羽を休めたまま部屋の片隅にあり、グレードアップで出番を失った3台のアンプとプレーヤーは鉄塊状態で仮眠を続けている。

第八章　俳句の眼 旅の視線

屍焼く天の朧や火の鴉

バリのウブドで公開火葬を見た。1987年7月の最初のバリ旅行でのこと。張りぼての巨大な牛の背に収められた遺体が、ガムランの演奏に先導されて郊外の火葬場へと担がれて行く。ヤシの木に囲まれた小さな広場風の屋外火葬場に着くと、牛の足下に薪が積まれ火が着けられた。ヤシの葉の間には煙りに霞む太陽（火の鴉）があった。

この時の公開火葬の一部始終は、先に触れたようにビデオで撮影、1時間半のドキュメンタリーにまとめた。焼かれる露わな屍を前に、涙より笑顔が多いバリの人達。彼らの死生感、宗教観を目の当たりにした思いで見た葬送の場だった。

その翌年1月、銀座『熱海荘』で人生最初の句会に出席した。マスコミ関係者が多い『粗々会』という会だったことは前に書いた。以来、その会の一員に加わって俳句を続けてきた。掲句は、その会で作った「人生最初の一句」だった。以来、２ヶ月に一度の句会に出席しながら、趣味の域を出ないと自省しつつ、前もって出される「兼題」で数句の俳句を作っては駄句の山を築いて来た。

だが、残念なことに２０１９年12月８日、銀座『かこいや』での句会が最後になってしまった。会の中心人物の逝去とメンバーの高齢化など、諸般の事情から半世紀近く続いて来た会は、静かに息を引き取るように〃成就〃の時を迎えた。

風車回ればひとつ色となり

俳句とは、些細なことであれ心動かされた新鮮な〃発見〃に目を向け、表現するものだと思っている。

風車は風の強さで色が微妙に変化する。他愛ないと言えば他愛ないが、それを捉えた視線に共感が得られればそれでいい、という感じだ。〃発見〃が新鮮であれば、伝える言葉もありきたりではない独自の表現を求められるものだとも思っている。

風車は春の季語。風俗の変化で現在は通季でも使われている。

とろとろとろろとろろととろとろと

〝とろろ汁〟を季語に作った回文（上下どちらから読んでも同じ文）俳句。とろろ汁、麦とろは秋の季語だが、麦とろの専門店が出来たりして四季に関わらず、一般化していることから「通季」でも用いられている。

とろろ飯は大好きで、子供の頃からよく食べていた。社宅暮らしをしていた少年時代には、庭先の畑で育てていた長芋を折らずに掘るのが自慢だった。

偶然の閃きから生まれた回文俳句だが、単なる回文俳句ということだけではない。「と」と「ろ」のたった二文字だけを用いて作った俳句ということでは、多分唯一の句ではないかと自画自賛しているのだが――。

川上へ川さかのぼる野分かな

メンバーだった『粗々会』という俳句の会では時に吟行があった。マスコミ関係者の多い会なので、2ヶ月に一度の句会でも全員が揃うことは少なかった。だが、吟行となると機会が少ないこともあって出席率は高かった。

秩父吟行の際には、寄居の『京の家』で句会を持った。もったいない話だが、川魚は全く駄目なので、自分にとってはお店自慢の鮎づくしは猫に小判だった。部屋からは荒川の清流が見えていた。強風が河上へ走ると流れは押し戻されてささくれ立っていた。料理の最後は忘れもしない鮎の炊き込みご飯だった。自分にとっては、極め付きとも言える無常な留どめの一品となった。

野分は秋の季語。掲句外に「猟犬の四肢を踏ん張る野分かな」がある。

車窓過ぐ富士の裾より夏景色

1996年夏、吟行で京都へ行った。掲句は新幹線の車窓からの風景を詠んだ。京都では祇園界隈を散策、夜『柊や』で句会を持った。

翌日、自由行動で初めて「梅小路蒸気機関車区」に行った。少年時代に馴染みのC62、〃貴婦人〃と称されたD51との再会が懐かしかった。菊の御紋章付きの機関車を間近で見たのは、この時が初めてだった。

大海へ稚魚三面《みおもて》の春に発つ

新潟県村上市を流れる三面川で孵化した鮭の稚魚は、3、4月に日本海へ下る。古くは瀬波川と呼ばれた三面川は鮭の遡上で知られ、独自の鮭文化を育んで来た。背景には村上藩士青砥武平治が鮭の回遊性に着目、三面川に産卵場所を設けて自然繁殖に努めたという歴史がある。

稚魚の回帰率は、日本海側の川では1%ほどと言われている。

連連と鮭吊るさるる帰郷かな

雛祭りの時期に新潟県村上市へ吟行した。雛が公開されている家々を巡って、古雛の個性的な表情、自慢の雛飾りを見物した。

村上市は鮭の遡上地としても知られている。秋、日本海から三面川へ遡上する鮭を捕らえ、卵は養殖用や料理に、本体は塩引き鮭にする。村上の鮭料理の数は100種を超えると言われる。鮭問屋の天井に吊るされた数多の鮭が壮観だった。稚魚で海へ旅立ち、久々の帰郷の果ての姿だ。

村上吟行では、掲句外に詠んだ「亨保雛町屋の太き屋台骨」がある。

鱒釣りの点景となる河口かな

新潟県村上市への吟行の際の句。河口近くの三面川の橋上をミニバスで移動中、河口で竿を振る釣り人の姿が目に入った。釣り好きの興味が捉えた点景だった。

5歳の時、父に連れられ人生最初の釣りをした。出生地の下妻にある砂沼という人造湖での釣りだった。大きなハヤが釣れて狂喜した情景が鮮やかに思い浮かぶ。その時の体験が釣り好きの少年を生む原体験だったような気がする。

薄墨の海から霽《は》るる春の雨

伊豆高原へは2度吟行した。掲句は平成11年の1度目の吟行の際に作ったもの。打ち寄せる波を眼下に吊り橋を渡り、灯台に上るなどして断崖の岬を巡る散策を楽しんだ。重い曇り空を映して海は薄墨色をしていた。

やがて、小雨混じりの天気も途中から晴れて青空が出た。願ってもない吟行になった。岬に立ち、潮騒を耳に南風を頬に受けながら潮騒の音と眼前の海景との広大なシンフォニーに暫し時を忘れた。

伊豆吟行で詠った掲句外の句に、「潮騒と南風《はえ》の岬や音景色」がある。

金魚坂両手の幅の秋の空

文京区の本郷界隈を吟行した折の句。本郷三丁目の『金魚屋』併設のカフェ&レストランで句会を持った。

『金魚屋』は、7代350年続く金魚と錦鯉の卸問屋。店の前の小路には、明治の下町もさもありなんと思える風情があった。

両手の幅ほどの露地から見上げた秋の空は、視界が狭まっていることでその青が一段と深まって見えた。

朽ちゆける蔵屋敷あり冬運河

平成15年11月、千葉県佐原市に吟行した。掲句はその時のもの。北総の小村にすぎなかった佐原は江戸期になって栄え、今では〝北総の小江戸〟として観光客を呼び寄せている。

この町を有名にしているのは、日本全国を測量して地図を作った伊能忠敬ゆかりの地であること。九十九里町生まれの忠敬は、17歳の時に佐原の酒造家伊能家に婿入りし、佐原との縁が生まれた。地図作りの偉業は隠居後のこと。〝一身にして二生を得る〟の生き方は井上ひさしの小説『四千万歩の男』に描かれている。

〝中高年の星〟忠敬の旧家は小高川の運河沿いにあり、商家や町屋が軒を連ねる川筋には、とりわけ小江戸の風情が色濃く感じられる。

累々と青柿を捨つ老樹かな

「里古りて柿の木持たぬ家もなし」は、松尾芭蕉の句だ。大意は、古里伊賀は古い歴史を持っていて、どこの家にも柿の木のない家は無い。それが今、枝もたわわに実っている、というもの。

日本人が好んで柿を植えるようになったのは江戸時代だと言われている。そんな史実と芭蕉の句は符号している。

昭和の人気漫画の主人公サザエさんの家の庭にも柿の木があった。柿の木は、日本の風景に当たり前のように登場する、ポピュラーな樹木だ。

ある年の信州の旅で、畑の一角に立つ柿の巨木に出会った。両腕がやっと回るほどの古木だった。その老樹振りに驚かされたが、更に驚いたのは枝の下に落ちていた夥しい数の青柿だった。

老樹ならではの秋の実りへ向けた自然淘汰なのか、命のあり方も含めてあれやこれや暫し考えを巡らせてしまった。

第九章　油彩画との出会い

冬近し画架に未完の春景色

55歳の秋だった。上司のCさんに蓼科への絵画行に誘われた。印刷会社のNさんも同行するという。盛期の紅葉を観る好機と出掛けることにした。人生最初の油絵との付き合いは、このように降って湧いたような形で突然に始まった。

その時まで油絵に限らず絵筆を取ったことがなかった。また描けるとも思っていなかった。急ぎ最低限の道具を買い揃えて同行した。油絵のイロハもわからずに蓼科で描いた唐松林の紅葉風景が、生まれて初めての油絵になった。

その後も二人に加わり、蓼科を中心に四季折々の風景を描いていた。2枚3枚と描くうちに、次第に油絵の魅力に囚われていった。

独学を通したため試行錯誤の年月が続いた。安曇野の春を描きに行き、思ったように描けず、納得出来ないまま晩秋まで画架に掛けたままの絵もあった。

春の雨白き樹林へ消ゆる道

蓼科周辺で気に入っている白樺林が3カ所ある。原村の農業学校近くの樹林、奥蓼科の旅館『辰野館』の庭、そして、メルヘン街道の麦草峠に近い八千穂高原一帯に広がる樹林だが、それぞれに個性と趣があっていい。

とりわけ、八千穂高原の白樺林は面積が広く白樺の本数も格段に多い。新緑の頃、ミツバツツジの開花の時期と重なると、白樺樹林の美が一段と鮮やかにひき立つ。その競演は華やかで白い林の中の小道を散策する楽しみが倍加する。

雨露掛けてあからさまなり蜘蛛の罠

55歳で初めて油絵の絵筆を取って以来、ひとつの変化があった。改めて自然へよく目を配るようになったこと。〃よく見る〃ことが描くことにいかに重要かを身をもって知る。四季の移ろいに一層敏感になったのも良い変化だった。俳句への波及効果もあった。〃自然を愛し、自然を師とせよ〃とは、レオナルド・ダ・ヴィンチの簡潔で核心的な言葉だ。努めて自然に目を向け、よく観察することで新鮮な発見があり、表現上のヒントが得られる。絵の上達へと繋がった。

夜に刻を譲り落つ日や月見草

1974年11月、ニューサイエンスの旗手フリッチョフ・カプラの『ターニング・ポイント』を読んで啓発された。温暖化への警鐘が頭に残った。

その時から10年経った1983年、蓼科に山荘を建てた。以来、自然に触れる機会が格段に多くなり、気候の変動にも一層危機感を感じるようになった。

5年、10年の単位で幾種類かの野草が山荘の庭から消えている。当初は、夏の庭でよく目にした月見草も、今では山荘の近辺からも姿を消してしまっている。

掲句は記憶の中で生きる風景になってしまっている。近景に群生した月見草が、中景に唐松林の切れ目があり、遠景には遥かに八ヶ岳の山嶺があるという構図。掲句はその絵の中で昼と夜が入れ替わろうとする密かな時間帯の光景を詠った。

郭公の二羽鳴き森の深まりぬ

蓼科に「杜鵑峡《とけんきょう》」という訪れる人が少ない小さな渓谷がある。渓流を見下ろすように山の斜面に細い道がある。その道を100㍍ほど歩くだけで深山幽谷に分け入ったような意外性が愉しめる。

5月のゴールデンウィークの時期、渓谷の斜面に咲くミツバツツジが彩りよく

思いも掛けない風景との出会いとは、こういうところを言うのではないかと思う。
蓼科の隠れた「名所」の一つで、５月のミツバツツジの季節がとりわけ美しい

映えて、格別に美しい渓谷美が生まれる。渓谷の森の縄張りを主張して鳴き交わす郭公の声が響くと、ビーナスラインに近い場所にいて深山の趣に浸れる。

渓流釣りは数えるほどの経験しかないが、いかにも岩魚や山女などの渓流魚が住み着いていそうな川の相に魅かれて、ある時毛針釣りに挑戦してみた。ほとんど諦めかけていた時に、突然アタリが出て20《チセン》ほどの岩魚が釣れた。その日のたった一匹の収獲だったが、初めての川での初めての一匹は嬉しかった。いつ行っても釣り人の姿を見たことがないので、渓流魚はいないと思っていた。その姿が確認出来たことで、新たな愉しみが得られたことに心踊った。

以来、新緑と紅葉の時期には一度は訪れる場所になっている。

万緑や唐松林白馬出よ

奥蓼科温泉郷へ至る道は「湯みち街道」と呼ばれる。街道の途中に東山魁夷の人気作『緑響く』に描かれた「御射鹿池《みしゃかいけ》」がある。その池は油絵を初めた当初、蓼科周辺を題材にしていた頃に描いた。新緑の時期の唐松林と秋の紅葉風景が美しい。年々観光客が増え、今では観光バスが立ち寄るほどの名所になっている。普段は特に目を奪われるような池ではない。静かな佇まいの小さな山の溜池で、それと知らなければ横目で見て通り過ぎてしまうだろう。

ところが『緑響く』の絵と同様に、霧が出て周辺が包まれると普段の姿は一変、色と光が織りなす叙情的で幻想的な風景へと変貌する。

秋立ちぬ終に開かずの楽焼き屋

1983年以来、居ながらに蓼科の推移を見て来た。その変化は絵のように思い浮かぶ。別荘地の盛衰は時代の推移をよく表している。

80年代の最盛期、蓼科の中心地「プール平」の夏は祭りのように賑わっていた。時にアナウンサーの高橋圭三、俳優の笠智衆、野球監督の川上哲治さんら有名住人の姿を目にすることもあった。

やがて、景気の後退と共にスキー人気も衰え始め、観光客の減少を招く。別荘住人の高齢化も進んで人の動きが漸減、別荘地の斜陽が目に見え始めた。

暗雲が動き冬山をきゆけり

2012年からヨーロッパを描くシリーズ個展『旅するような絵画展』を始めた。それまでは蓼科を中心に信州の風景を描いていた。

ある秋、奥蓼科の山道の途中から秋色に染まる一面の樹林と、蓼科山を構図に

多くは唐松が覆う八ヶ岳山麓の緩斜面。秋の深まりと共に
雪山と錦秋の風景に変わる

して秋景色を描いた。途中、蓼科山が暗雲で覆われてしまったので、しばらく筆を休めて暗雲が過ぎ去るのを待っていた。

再び蓼科山が姿を現した時には七合目辺りから上は薄っすらと雪化粧していた。紅葉に雪山という地元の人が「珍しい」という深秋の風景になっていた。

けものみち判然として冬隣

60代半ばから冬の蓼科へは足が遠のいた。加齢で一段と寒がりになったことにある。山荘の標高は1、320メートルあり、冬季には冬山の厳しい環境になる。山荘周辺の樹木は唐松が多いが、落葉後の枯れがれの風景は決して嫌いではない。

夜、2階のベッドの中でけもの道を歩く動物の気配を感じる時がある。落ち葉を踏む足音に耳を傾けているうちに眠りに落ちるのもいい。

野仏や農婦の祈り息白し

奥蓼科温泉郷への道には「湯みち街道」の愛称がある。路傍の所々に60体余りの石仏が立っている。街道の一部は九十九折の上り道になっている。

東山魁夷の『緑響く』のモデルとして観光名所になった御射鹿池周辺は例外だが、最後は行き止まりの道なので訪れる人は少なく、道々落ち着いた奥蓼科の風景が楽しめる。上りに入る前の里近くでは、時に路傍の石仏に手を合わせる農家の人を目にすることもある。

下萌ゑや薄色化粧里粧す

蓼科の山荘は標高1、320メートルにある。春の訪れは遅く、桜の開花は東京のほぼ1カ月後のゴールデンウィーク頃になる。そのため、年に2回の桜見物が恒例になっている。本格的な春は5月中旬頃からになる。

3月末頃から野の草が芽吹き始めると、地熱が上がり始めたことを感じる。緑が地表を覆い始める時期になると山里は薄紫のパステルトーンに染まり始め、いぬふぐりやタンポポが先駆けて咲く。春を感じる嬉しい季節の始まりだ。

下萌えが春の季語。

畷《なわて》ゆく晴れ着の衆や桃の花

2008年秋、集英社からのリタイアに合わせて人生最初の個展を開いた。会社に近い小川町の画廊を選び、『詩季彩《しきさい》展』と題して、10年間に描いた油絵から31点を選んで展示した。個展の形を取ってはいたが、自分なりのささやかなお礼を込めた場にしたいと考えてのものだった。初日に会場で小パーティを開き、感謝の気持ちを伝えると共に、絵画への更なる精進を誓った。

油絵との出会いは55歳の時だった。自発的なものではなく、突然の誘いがあってのことだった。誘われるままに人生最初の油絵の絵筆を取った。

絵を始めてから10年間、絵を導き手として蓼科、八ヶ岳周辺は勿論、安曇野周辺にまで足を伸ばした。現役だったこともあるが、釣りや日曜大工、ゴルフといった他の趣味にも時間が取られ、絵は年に3、4枚描く程度だった。

掲句は、2002年に山梨県北杜市の『清春芸術村』近くの集落で出会った風景を詠った。残雪の南アルプスと桃の花を背景に、村人が畷（畑道）をさざめき行く情景を詠った。桜の開花には早く、桃の花が咲き誇る3月中旬のことだった。

掲句外の桃の花の句に「天と地を分かつアルプス桃の花」がある。

残雪の南アルプスの山嶺と里の菜の花畑を分かつように
咲く桃の花が、山里に花の季節の到来を告げている

詩句秋句詩想逍遥白樺林

白樺の木が好きだ。蓼科高原に山荘を建てた時、庭に10本の白樺を植えた。高原の象徴的な木は白樺をおいてないと思っている。

油絵を始めた頃は、蓼科を題材にしていたこともあって何本もの白樺を描いた。多分100本は超えている。白樺は森の貴婦人の様なもの、品があり存在感がある。孤独にあるもよし、群生するも良し、どちらの佇まいも好きだ。

山荘を建てた時、日当たりを考慮した上で、敷地の東側と南西側に10本の白樺の苗木を植えた。年月が経つに従い次第に生育に差が出始めた。35年経ってまともに育ったのは10本中4本のみだった。

その4本も同じように成長した訳ではない。明らかに大きさに差が生じている。10年、20年という年月が、計り知れない自然環境の厳しさや精妙さを伝えてくる。

10本の白樺のリアルな現実の姿を見るにつけても、四季折々の自然界には目に見えない厳しさがあることを教えられることは多い。

八ヶ岳山麓の原村、農業大学校近くにある白樺林。
これだけ群生しているところは蓼科でもそう多くない

第十章　黒鯛に魅せられて

年無しの茅渟《ちぬ》捌く手を合わせけり

一時期黒鯛釣りに熱中していた。真鯛と違い野武士のような面構えに魅かれた。〝茅渟《ちぬ》〟とはクロダイの異名で、関東でクロダイ、関西以西ではチヌと呼ばれる。釣り師にとっては、磯のメジナ（グレとも）と双璧の標的になっている。

釣りの〝主戦場〟は東京湾だった。横浜港をガードする7本の堤防には全て乗った。黒鯛は臆病で狡猾、警戒心が強く釣るのは極めて難しい。挑戦意欲を掻き立てられた。体長50^{チセン}超の黒鯛は、人間なら古老の域にあり、釣り師からは敬意を込めて〝年無し〟と呼ばれている。

振り返ると熱狂の日々だった。いや年月と言った方がいいかもしれない。週末には東京湾の何処かにいた。時には清水港まで遠征、もっぱら黒鯛が相手だった。

釣りの詳細を記した釣行日誌は１９９０年に始まり、１９９９年に終了するまでに10冊になっていた。それはそのまま黒鯛との真剣勝負の記録だった。渡船店の〝竿頭〟になり、スポーツ紙の釣り欄に名前が掲載されたことも数度あった。49歳から58歳までの年月は仕事のプレシャーが大きかった。だが、ストレス解消といった逃げの釣りではなかった。自らの内なるエネルギーを燃え立たせたものは何だったのか、仕事同様に挑戦欲だったのか。完全に釣りを離れた今となっても、時に自問することがある。クロダイは夏の季語。

一尺の秋刀魚に海の進化論

秋刀魚という名は体を表している。時に激流となる黒潮を回遊する秋刀魚が流れを切り裂いて群泳している姿が目に浮かぶ。

地球上の生き物は、46億年という進化の時間を重ねて来ている。陸には陸の、海には海の進化があった。魚屋に並んだ煌めく魚体を眺めていると、潮の流れに研ぎすまされてきた進化の時間に思いが馳せる。

その秋刀魚に異変が起きている。2019年の全国の漁獲量は過去最低だった1969年を下回り、2020年にはその数字をさらに下回る結果になったことがニュースで報じられた。温暖化の影響が海にも及んできている証左とも言える。

波止おぼろ迎船の告ぐ霧笛かな

50代の頃、暫く海釣りに熱中していた。とりわけ黒鯛に魅せられ、東京湾はもとより、清水港へまで通った。横浜港がホームグランドだった。

魚体の色は基本的に保護色なのだろうが、色彩に富んでいて絵画的だ。秋刀魚も黒潮の青を基調にした色彩で、外敵の目を欺いているに違いない。

思い返しても黒鯛釣りに賭けた情熱は半端ではなかった。よき相棒がいたこともあった。仕事で付き合いの深かったエディトリアルデザイナーの中谷国児氏で、誘い合って横浜港、清水港へと釣行した

横浜港は3段構えの堤防群で守られている。その7本の堤防のうち最も内側にある3本の堤防の一つに〝四畳半〟の愛称で呼ばれている堤防がある。その堤防の中程に一段と高くなったまさに四畳半ほどの空間がある。

ある年の夏、その上に簡易なテントを張り、徹夜で黒鯛を狙った。その時も彼が一緒だった。夜中にかけて風が出た。小さなテントは風に吹き飛ばされそうになった。飛ばされればそのまま海に落ちる。交代でテントの〝重し役〟をしながら仮眠を取った。その夜、黒鯛は一尾も釣れなかった。黒鯛釣りとはそんなもの

だったが、二人ともめげることはなかった。

　黒鯛の釣法は種類が多い。最も熱中していたのは〝落とし込み〟という釣法だ。1.5㍍ほどの短竿にリールだけのシンプルな仕掛け。餌は蟹、モエビ、烏貝などを適宜使え分ける。堤防の壁面に沿って餌をゆっくりと落とし込む。堤防を食餌の場にしている黒鯛の習性を利用した釣法だ。堤防に沿って歩きながら同じ動作をひたすら繰り返す。そのため釣果は歩く距離に比例すると言われる。一見安易に思える釣りだが、体力と集中力、忍耐、さらには分析力が求められる。

　その後、癌を患った彼は70歳で逝ってしまった。貴重な相棒を失ったことが要因となり、根気と体力の衰えも感じる中で次第に黒鯛釣りから遠のいていった。

月天心潮満つ波止の竿の弓

　釣りに熱中していた頃、重要視していたのは潮汐だった。それは魚が餌を摂る時間帯と関係していることにあった。干潮、満潮では満潮時がより重要な時間帯になる。潮が大きく動くからだ。とりわけ、大潮の日の満潮時間は普段より一層潮の動きは大きくくる。

　波止の釣りでは干潮満潮の海面格差を実感する。釣り好きが早朝だろうが夜中だろうが厭わないのは、その潮汐と魚の食餌時間との関連を知ってのことにある。特に大潮と満潮が重なる時間帯となれば最高のチャンスになる。魚は活発に餌を求める。竿を弓なりに曲げた釣り人が波止を走ることになる。

秋の季語「月天心」には好きな句がある。与謝蕪村のよく知られた句のひとつ、「月天心貧しき町を通りけり」だ。

遠投の竿の放列鱚の陣

海釣りへの傾倒は何が動機だったのか、振り返っても定かでは無い。横浜港への鰈釣りが最初だったような気がする。鰈が食べたかったということでもあれば分かりやすい動機になるのだが、特に魚が好きだった訳ではない。川魚に至っては全く食べない。鮎も鰻も駄目で、土用の時期の役員会議では昼食に鰻の蒲焼が供されるのが慣例だったが、ただひとり自分だけが親子丼を頼んでいた。

釣るという行為が好きだったのだ。川釣りに熱中していた少年時代のことを思えば、川から海へと場が変わっただけということになる。

思い返すと少年時代にはよく釣りをしていた。社宅から数百㍍のところにあった幅10メートルほどの用水が最も身近な釣り場だった。更に10分ほど歩くと田川という川らしい川があり、そこへもよく通った。今では熱中症と言われているが、当時は「日射病」と呼ばれていた病によく罹った。昼食も食べずに釣りに熱中していた結果のことだったことを思うと、熱中症という名前の方が適っている（笑）。

その「熱中症」が50代に戻ってきたという感じで、新聞や雑誌の情報をもとに東京湾はもとより近県の海を彷徨していた。

釣り場の様子が分かってくると、砂浜や河口で遠投して狙う鰈や鱚から、堤防や海に浮かべられた〝イカダ〟という4畳半ほどの板張りの空間で釣る黒鯛へと狙いが絞られていった。それは、投げて魚信を待つ待ちの釣りから、生態を理解しつつその日その時の海の状況を分析しながら魚心を読み、積極的に魚へアプローチする攻撃的な釣りへの転換でもあった。

第十一章　里山残る終の住処

木守柿鴨椋目白四十雀

1995年、調布に〝終の住処〟を建てた。記念樹にと深大寺寺内の植木市で、1.5メートルほどの富有柿の苗木を購入して庭に植えた。

その年から25年余り経った秋、4メートルほどの高さになった柿の木に300個を超す実がなった。色付き具合を見ながら、3度に分けて収穫した。

収穫最後の日、小鳥たちのために数個の木守柿を残して木を離れた。途端にどこで見ていたのか常連の鴨と椋鳥がやって来た。間髪を入れず他の小鳥たちも来た。『われわれの柿をどうするつもり！』と言わぬばかりに。

松過ぎぬ山門不幸の寺参る

数ある候補から〝終の住処〟に選んだ地は、周辺に残る里山風の自然環境が決め手だった。実際、後に近隣一帯は調布市の「里山保存地区」に指定された。

自宅は祇園寺通りに面し、一軒置いた先に『祇園寺』という奈良朝からの古寺がある。ある年、住職が他界した。寺の門に〝山門不幸〟の墨書きの掲示が出て、初めてその意味を知った。寺には七福神の布袋が祀られている。新年には参詣者と「調布七福神巡り」で立ち寄る参拝者の姿が絶えない。

春隣ホームの椅子のほの温し

調布に終の住処を建てて以来、新居から歩いて15分の京王線布田駅が新たな通勤駅になった。

振り返ってみると、高卒後上京してから20年間に、志村3丁目にマンションを購入するまで7度も転居を繰り返している。その回数が多いか少ないかは判断の基準を持たないが、自分にとっては平坦でなかった前半生を表している数字のように思えてしまう。

百舌鳥囃す修道院の塀の中

調布の自宅からは季節とその日の気分で選べる幾つかの散歩コースがある。徒歩15分ほどの深大寺を経て、野川の岸辺へと周遊するるコースも、そのひとつになっている。途中、深大寺近くに修道院がある。高さ4、5メートルほどの異様に高い塀が道に沿って立ち、院内の様子は垣間見ることが出来ない。人気《ひとけ》の無い塀の中の静寂から謎めいた雰囲気が伝わって来る。その一角だけが周囲とは違った空気感があるように感じてしまう。

一切の視線を遮る高い塀の中の様子を覗いてみたい、そんな好奇心を見透かすように、塀の中からひと際鋭い百舌の声が聞こえて来た。

風花や鬼太郎茶屋の屋根に下駄

『ゲゲゲの鬼太郎』の漫画家、水木しげるさんはすでに鬼籍の人だが、調布の名誉市民だった。その人気を窺わせる店が深大寺にある。深大寺は格好の散歩コースなのでよく訪れる。その参道の一角にある『鬼太郎茶屋』という店がそれ。参道でも人気の店で、お茶が飲めるだけでなく鬼太郎関連のキャラクター・グッズも扱っている。屋根の上に置かれた鬼太郎を象徴する巨大な下駄が目を引く。

初霜や夜の大地の息づかゐ

都会暮らしでは、四季感や自然への感性が鈍くなる。都市の風景は人工的で、自然はとかく肩身の狭い思いをしている。そのような環境では、居ながらに感性の鈍化を招くのも止むを得ないことかもしれない。

人と自然がバランスよく調和した風景にこそ、感性を高めるものがある。大地の息遣いにも思いが及ぶような感性が生まれるのだと思うのだが・・・。

初氷土鳩の肢の赤さかな

少年時代に鳩を飼っていたことがある。そのことがあって、どこであれ鳩を見掛けるとついつい目を止めてしまう、習性のようなものだ。

ある冬の朝、通勤途上に路上を歩く鳩を見た。夜半の雨がうっすらと凍り、朝日を受けて光っていた。餌など無さそうな路面を鳩は忙しなく動き回っていた。見るからに冷たそうな路面を歩く鳩の足が思いのほか赤く痛々しく見えた。

夢虫の深く眠れよ枯葎《むぐら》

夢虫は蝶の異名で、一説には中国の思想家荘子の「胡蝶の夢」という説話に由来するという。胡蝶の夢とは、夢で蝶となって飛んでいたが、目が覚めた後に、蝶になった夢をみていたのか、それとも今の自分は蝶がみている夢なのかという形而上学的な話。俳句をやっていなかったら多分使うことがなかったことだろう。

葎は密生して藪を作る草で、荒地や湿地などに雑草として生えている。「野川」の川辺で目にするその枯れがれの姿に、春に舞い飛ぶ蝶の冬眠の場を思った。

初霜や雀のまろく黙《もだ》しをり

ささやかな庭に野鳥たちが寄って来る。四季を通して身近な鳥は雀だ。軒先に来る小鳥たちのために軒下に餌台を作ったことがある。日毎に雀の数が　増えていった。冬場はとりわけ種類も数も多くなる。

2年ほど餌やりを続けたが、ベランダや庇の屋根の糞害に閉口して止めた。やがて、日が経つに従って訪れる鳥の数が減っていった。

初霜の朝、常連らしい雀が身体を膨らませてじっと黙していた。

鐘の音の常より早む雪催ひ

深大寺は自宅から徒歩15分ほどで四季折々よく訪れる。除夜の鐘はもちろんだが、時に微かに聞こえてくる鐘の音に安らぐ。空気が澄んだ冬の日にはその音も澄んで清澄感がある。直ぐにも雪が降ってきそうな底冷えのする日は、鐘を撞く僧も気が急くのかもしれない。心なしか鐘の間隔がいつもより短く思えたりする。

鳥の巣の露になりぬ大冬木

自宅の机の前の窓から『祇園寺』の木立が間近に見える。欅の大木が四季折々の姿を見せてくれる。目を休めるのに格好の風景になっている。葉が落ちる季節には、空に根を張るように枝先までくっきりと見える。

ある年、葉を落とした枝に置き忘れられた帽子のような鳥の巣が露わになった。木枯らしが枝を震わす季節を予感させた。

春寒しかゐぼりを待つ寺の池

水神信仰がある『深大寺』に「亀島弁財天池」という池がある。複雑な形をしていて、周囲の長さを足せば60mほどになる。敷地内で最も大きなその池で、2017年秋にかいぼりの事前作業が始まった。

事後に知ったが、翌年2月に100人超の参加を得て初めてのかいぼりが実施された。土嚢袋1、600袋では収まらないヘドロやゴミが出たという

虚無僧の素振り無相の残暑かな

暑さの厳しい日だった。調布の駅前広場にお布施を請う虚無僧の姿があった。編笠を被り、僧衣は着けず黒い袈裟をかけ、お経を読んでいる様子が見て取れ

た。見るからに暑苦しい格好からは、いながらに暑さと汗が伝わって来た。だが、禅宗の普化宗僧侶と判断した僧の不動の姿勢からは、修行があってのことなのだろうが、全くその素振りが窺えなかった。

舌見せて雀息する炎暑かな

2018年夏、各地で記録的な暑さとなり、〝危険な暑さ〟という言葉が初めて気象用語に登場した。以前からの予測が現実になっただけのことなのだが——。

人間より敏感に自然に対応して生きている野鳥たちも、さすがに昨今の〝危険な暑さ〟には戸惑っていることだろう。羽毛を纏った野鳥たちにとって暑さは寒さより厳しいに違いない。

少年老ゐ易く裸体裏切らず

成人式で着た背広が50代で着られた。それほど体型は変わらなかった。60代からウエストが漸増した。だが、現役時代の背広は、リタイア後も暫く着られた。

やがて、〝重力の法則〟が身体に及び始める。この法則はなかなか抗し難い。腹筋、胸筋が弱くなるに従い贅肉が下半身へと落ちる。ズボンのウエストサイズだけが漸次80チセンを超え、次第しだいに中年体型へと変化してしまった。

何処へや老夫婦越す蝉の穴

夫婦共に高齢者の領域に入ると、老後の身の処し方が話題にも課題にもなる。年々衰えていく身体と関係することなので一概に言えないが、半ば推測の域を出ない状況の中での判断になるのではないだろうか。

自分たち夫婦にとっては、そのテーマはまだ少し先になるが、いずれ具体的に対処しなければならない時が来ると思っている。

終の住処で生活を始めて13年、その年最初の蝉の声を耳にした頃のことだった。隣家の老夫婦が引っ越した。奥さんは80代後半、ご主人は90代の高齢者だった。

老夫婦が引越した後、更地にするため家はたちまち取り壊された。そこには、驚くほど多くの家具や家財が廃棄されていた。介護施設の広さには限界がある。夫妻の苦渋の判断が見て取れて心が痛んだ。

施設に移ることは耳に挟んでいたが、施設の名前も場所も他言されることを望まない様子だった。年寄り同士ということもあって、比較的話す機会の多かった妻の母親には明かされていたようだった。ただし、他の人には教えないでほしいと釘を刺されていたことも聞いた。

家を建てた当初、草花作りをしようと庭を掘り返した。ところが石ころ混じりの厄介な土質に悩まされ、庭木や草花を植えるのに難儀した。

それから10年、苗木から植えた柿と金柑が実をつけ、花水木が花を咲かせ、柵に添わせて植えたコクテールが盛大に花を咲かせるまでになった。

残りの空間には、妻がクリスマスローズ、アストロメリア、水仙やチューリップなどの季節の草花を植え続けた。

老夫婦が引っ越したその年に庭で蝉の穴を見つけた。苦労の庭作りが認知されたような思いがした。地表にくっきりと空いた蝉の穴は深く黒々と見えた。望まない終の住処に移られた老夫妻はどうされているのだろうか。

第十二章　「野川」花鳥風月

野の川の鳥の数増す秋彼岸

一級河川の「野川」は自宅から1、2分のところにある。岸辺の風景からは季節の移ろいが窺えて格好の自然散策路になっている。とりわけ桜の季節には、流れに向かって枝を伸ばした岸辺の桜並木が劇的な光景を生み出してくれる。四季様々な野鳥が見られる。野鳥の宝石と言われる翡翠も水辺の土手に営巣している。海からカモメや鵜が飛来したりする。鴨や白鷺はいつでも目に出来る。特に主役の鴨は、種類や数の増減で季節の変化を感じさせてくれる。子育ての季節には7、8羽の雛を連れた母カルガモの姿を見るのが楽しみになっている。野川は春夏秋冬を、季節の移ろいを伝えてくれる生きた四季暦になっている。

水細き川一筋に冴ゑ返る

「野川」の源流は国分寺市にある日立製作所中央研究所内にある。途中の湧き水を合わせ、野川公園、調布市外を縫って流れ、やがて多摩川へと合流する、延長20キロの一級河川に指定されている。

川岸の道を辿ると折々の自然が楽しめる。水量の増減が激しい小川でもある。冬は水量が減って流れが細くなる。枯れ枯れの景色の中で、水辺の鴨や白鷺の動きも鈍くなり、川辺の風景には一段と冬の風情が深まる

冬ざるる切り口晒す巨桜の根

厳寒の日、「野川」の岸辺を散歩中、根元から切られた桜の大木が目についた。「野川」の両岸にある数十本の桜並木の一本だった。まだ、切り口が生々しかった。年輪を数えてみたら、優に50年を超えていた。

桜の木の寿命は60年とも言われる。そうだとすると、残りの桜並木の古木も遠からずあと3年、5年以内には同じ運命を辿ることになることだろう。

近年、一本、また一本と切られていく頻度が高くなっている。2020年10月、

散歩中に5本の桜に伐採予告の告示が結ばれていた。すでに盛期を過ぎている、桜並木には樹齢からくる衰えが目に見えて来ている。倒木の危険を避けて、一本、また一本と切られて消えて行く。寿命を全うして逝く人と同じように・・・。

掲句外に、蓼科で詠んだ「冬ざるる尾羽短き雉子骸」がある。

冬深む巨鯉流木の如沈む

近年、暖冬化の傾向が強い。それでも真冬の寒さが極まる時期はある。自然界の生き物たちはどう感じているのだろうか。

「野川」の深場に集まっている野鯉たちは、水底深くにいてほとんど動かない。黒々と川底に沈んで静止している姿は、まるで流木の丸太のように見える。

春先の繁殖期には雌雄が身をくねらせ、水を飛ばしながら水面を騒がせる。冬季はその季節を待って、あたかも体力を温存しているかのようにも思える。

鴨の群れ本能といふ秩序あり

川、池、湖沼と水辺で鴨の姿を見掛けることは多い。好きな鳥の一種で水辺の風景には欠かせない。群れ泳ぐ姿を見ているだけでも飽きることがない。

一見すると無秩序に見える鴨たちの動きに、意思とも秩序からとも思える行動が見て取れることがある。飽きもせず眺めていると、群れの全体的な動きの中に本能に根ざした生態が見えて来る。

浮き亀に長閑ですねと聲を掛く

近くに住み始めた当初は、「野川」が一級河川などとは思いもしなかった。まさに野中の川、小川という風情の川にしか見えなかった。

故郷を流れる一級河川の鬼怒川に、子供の頃から身近に接してきているだけに、同じ一級河川でも格が違い過ぎる、何が一級河川なのかと訝ったものだった。

やがて、大河であるばかりが川の魅力でないことを実感するようになった。春には川まで覆う両岸の桜の古木並木が、満開の花を咲かせ、知る人ぞ知る名所になっている。巨鯉がゆったりと泳ぎ、首をもたげて浮く亀の姿を目にすると、春の長閑さも極まる。

軽鴨《かる》の子の意外や鼠《ねず》の身のこなし

散歩の途上で鴨の親子を見た。孵化後日が経っていない8羽の雛と母鴨だった。

毎年春から夏に掛けて、「野川」では親鴨に連れられて泳ぐ鴨の雛をよく見る。無事に大きくなれよと願いつつ散歩のたびにその姿を確認するのが楽しみだった。

だが、大抵の場合雛の何羽かは途中から姿を消してしまう。想像でしかないが、多分、時に川辺で姿を見る猫やカラス、蛇などの犠牲になっているに違いない。襲われた時に、飛び立つて逃げられるようになるまでが雛たちにとっては命の危うい期間になる。早くは卵の段階でのこともあるかもしれない。一見長閑に見える野鳥たちだが、その日々は油断のならない生存の危機に晒されていることを知ることは多い。それだけに、雛たちの無事な姿が確認出来るとホッとする。

救われるのはその成長の早さだ。1週間も経つと一まわりも二まわりも大きくなっている。その姿に一層安心感が増す。そして意外なほど早い水上での動き。それを見ると、外敵に襲われて命を失う確率がグッと落ちるように思えてくる。

人立ちの鷹の眼の追ふ鵜の潜り

「野川」の堤防の上は両岸共に遊歩道になっている。四季を通して散策を楽しむ人が多い。野鳥も10数種類が目に出来る。鴨、白鷺はいつでも見られるが、翡翠と川鵜との出会いはいつでもという訳にはいかない。

ある日、遊歩道に立って川面を眺めながら声を上げている数人の人たちがいた。視線が追っていたのは一羽の川鵜だった。平均的には浅い川だがそこはやや深さがあった。

鵜は潜ると驚くほど素早く水中を泳ぎ予想外の所に浮上する。鵜が潜るたびに見物人は姿を現す場所当てを競いながら、真剣な眼差しで水面を見つめていた。

背に陽受く胸に風抱くまま鵜の目

鵜の季語は夏。海鵜、川鵜、姫鵜の種類があり、鵜飼で知られる長良川では3種のうちの海鵜が使われているという。

野川では、四季折々鴨類を主に多種の野鳥を目に出来る。稀に川鵜の姿を見掛けると散歩の歩みを止めて暫し生態観察を楽しむ。全長約70センチ、羽は広げると一メートルほどある。川から上がって羽根を干す姿には野川の王者のような風格がある。そんな時でも、鵜の目鷹の目、周辺への警戒の眼差しは変わらない。

鵜の口に銀のルアーぞ閃けり

『何ということか！』と、声にならない声で叫んでいた。

野川の岸辺を散歩中のことだった。川岸で身体を温めている川鵜がいた。その口元にキラッと光るものがあった。すぐに数センチほどの長さの銀色のルアーだとわかった。川鵜のわずかな動きで、時折ルアーはナイフの刃のように閃いた。

痛ましい！　と思いながらもなすすべがなかった。暫くして飛び去って行く姿を見送るしかなかった。何かのはずみで鉤が外れることを祈りながら――。

野の鯉のがばりと躍る無月かな

〝終の住処〟は散歩コースに恵れている。「野川」の川岸を上流や下流へと辿る、深大寺周辺を巡る、あるいは買い物を兼ねて調布駅へ出るのが通常のコース。それぞれのコースには異なる楽しみがある。

特に「野川」を上流、下流へと辿るのがメインコースで、各種の水鳥が目に出来る。鳥好きには四季折々、バードウォッチングの楽しみが倍加する。また、川の深場に集う鯉の生態同様興味深い観察対象になっている。

散り初むる櫻に雪ぞ鶯歌まで

前日から雪の予報だった。朝食もそこそこにレインウェアで身を固めて降りしきる牡丹雪を厭わず、近くを流れる「野川」へ向かった。

すでに流れを残して岸辺は雪で覆われ、満開の桜の枝は重い春の雪で曲がっていた。降りしきる雪の中でひたすらシャターを押し続けた。手袋をしていない手は凍えて痛いほどだった。２０２０年3月29日のことだ。

下流から上流へと撮り進んだ時、うぐいすの啼き声が対岸から聞こえて来た。一瞬耳を疑った。橋を渡って対岸へ移ると、その声は川辺の家の木立の中から聞こえて来た。雪は激しく降り続いていた。

満開の桜と雪景色はニュースに違いない。新聞社のカメラマンも来ていた。後で調べたら、満開の桜の雪景色というのはは32年振りのことだと知った。

翡翠の一聲瑠璃の線の先

「野川」ではざっと10数種類の鳥が見られる。中ではカワセミの人気が高い。望遠レンズ付きのカメラを携えた中高年カメラマンの姿が目立つ。彼らが狙っているのは、川を上流へ下流へと往き来しているカワセミだが、いつでも出会えるわけではない。暇と根気があるか、偶然に恵まれるかしかチャンスはない。

自宅近くから上流あるいは下流へと、2キロほどの範囲を散歩することが多い。

いつもカワセミがいないか注意しながら歩いている。「チ――ッ」という鳴き声を聞いた一瞬後には、既にその姿は瑠璃色の残像を残して遠くへ飛び去っている。そんな〝野鳥の宝石〟を目にした日は、散歩していても満ち足りた気持ちになる。

翡翠を季語にした掲句外の句に「翡翠の青き残像日の名残り」がある。

正調の半歩手前の鶯歌かな

ウグイスは普段、低木が立て込んでいる林や藪の中で生活していることが多い。藪鶯と呼ばれるのはそのためで、鳴き声も地味でジャッジャッと地鳴きと呼ばれる鳴き方をしている。冬には高地から平地へと下り、〝梅に鶯〟という言葉があるように、梅の開花時期になって初めてその美声を聞かせてくれる。〝春告鳥〟とも呼ばれる所以で、俳句では春の季語として詠まれている。

季節に敏で観察眼の鋭い俳人はその生態をよく捉えている。例えば水原秋桜子の「鶯や肩より低き雑木原」、正岡子規の「鶯や低い茶の木の中で鳴く」「鶯の覚束なくも初音哉」など。ウグイスを詠んだ句を調べていてとりわけ正岡子規にその句が多く、いかに子規がウグイスに関心を持っていたかを知ることになった。

ウグイスの鳴き声がいつもホーホケキョだと思っている人は、藪の中で鳴く地味な鳴き声の主が、ウグイスだと思っていない人が多いのではないだろうか。

ウグイスは、オオルリ、コマドリ共々〝日本三鳴鳥〟に選ばれている。古来からその美声で親しまれて来たウグイスには話題も多い。他の鳥の巣に卵を産んで育てて貰う〝托卵〟で知られるホトトギス。大きさは別に、卵の色や模様が類似しているミソサザイやホオジロと共にウグイスも仮親に選ばれている。

また、「桜の開花宣言」で話題になる気象庁は、生物が気温や日照など季節の変化に反応して示す現象を観測している。「生物季節観測」というその観測対象にウグイスもなっている。春先にウグイスが〝ホーホケキョ〟と鳴くのを初めて聞いた日を、「ウグイスの初鳴き日」として記録しているのだとか。（注・この「生物季節観測」は2020年に温暖化などの気候変動が要因で中止になる。）ウグイスがホーホケキョと鳴くのは、オスの縄張り主張のためと言ってしまうと興がないが、ある研究によるとその鳴き声は一日1000回にも及ぶという。

第十三章　人生は美し美わし

日の本の言の葉美《うま》し風花す

句会では「過ぎる」という評があったように記憶している。『右寄り過ぎだねえ』というニュアンスの冗談交りの評は予測されたものだった。自分でも『詠い過ぎかな』という思いはあった。

単なる感覚的比較に過ぎないが、日本語のような表現の機微、深い含意を持つ言語が他にあるだろうか。色彩や季節に関する美的で詩的な表現の豊かさ、という点でもどうだろうか。

風花や老ゐの兆しのあなたの手

風花とは晴れているのに風で飛ばされた雪片が舞う現象。冬の風物詩のひとつで、思わず手のひらで受け止めたくなる。

煌めき舞う風花に妻が手を差し出した。瞬間、それまで意識して見ることが無かった妻の手に老いの兆しを見た。

自分の手を見てみる。張りなく皺が目立つ、緩んで来た皮膚には紛れもなく老いの兆しがあった。

西行忌螺鈿古琵琶の抱き心地

妻の祖母が遺した古い琵琶がある。螺鈿を施した優美な姿は名器を思わせる。琵琶の音色が好きだったこともあり、この機に出来るものなら習って弾いてみたいという思いに駆られた。

友人に紹介された筑前琵琶の先生に会った。話の過程で弾けるようになりたいだけで先生を目指すまでの気持ちはないと率直に伝えた。利が無い話ということなのか、それ以上話は進展せずに終わった。

楽器コンプレックスがある。ハモニカしか吹けない。30代でピアノに挑戦した過去がある。まずはバイエルからと、独学で一番から始めて100番近くまでいったところで挫折した。言い訳の理由はいろいろあるが、仕事で練習時間が思うに任せなかった、それを越える情熱と持続力が無かったと自己批判している。

ある時、『駅ピアノ』と言うテレビ番組を観て魅かれた。世界の、特にヨーロッパの都市駅に置いてあるピアノを、通り合わせた旅行者が気ままに弾く様子を伝える番組だ。老若男女を問わず、弾きたければ誰が弾いてもいい。いつもながらその番組を観て思うことは、世界には当たり前のようにピアノが弾ける人のなんと多いことかということ。実際にオランダ旅行の際、アムステルダム駅で目撃した。大袈裟だがヨーロッパ文化の底の深さのようなものを感じてしまう。

技量に関係なくピアノの前に座り、クラシック、ジャズ、ポピュラーとジャンルを問わず好きな曲を弾いて去っていく。そんな場面を見ていると、自分も躊躇なく人前で、一曲でもいいからピアノが弾けたらいいのになあ、と思ってしまう。

『駅ピアノ』を観続けているうちに、毎日練習を続ければ一曲ならなんとかなるのでないかと思い始めた。速度が増している脳細胞の消滅速度と、両手の指の機能退化に抗しての練習の日々があるだけだ。あとはやるしかないと決心した。

そして遂に、2021年2月から再びバイエルから練習を始めた。今度は習い事では初めて先生についた。月に2度だけだが、自宅からほど近くに住んでいる先生にレッスンを受けている。「初演」はどこの駅にするか、そんな夢に背中を押してもらいながら――。

陸中へ男鹿の方より雁の竿

ある年の晩秋、妻と東北を旅した。紅葉の時期は少々過ぎていたので、錦秋の風景は半ば諦めていた。運が良ければという思いに自然が応えてくれた。どこでも充分満足出来る紅葉を楽しむことが出来た。

陸中は陸中国（りくちゅうのくに）と言い、ほぼ現在の岩手県にあたる。雁は古名をカリ、カリガネとも言い、カギやサオの形で海を越えてくる。

沈丁花庭で娘の髪を切る

リタイアして数年後から妻に髪を切ってもらっている。最初は躊躇したが人形作りと表装が趣味の彼女は器用で、女性誌のファッション編集者だったこともあって美的センスもある。〝仕事〟は早く、〝客〟の要望にも臨機応変に応えてくれる頼りになる〝美容師〟だ。お金の問題ではない。美容院に行けば半日は掛かってしまうが、妻なら30分で済ませてくれるので大いに助かる（笑）。

自分も二人の娘が幼い頃に髪を切ってやっていた。特に沈丁花が香る季節に振るった「髪技」だけが、香りの記憶と重なって思い返される。

初日の出まだ夜の国と会話する

二人の娘は長年ニューヨークで暮らしている。日米公認会計士の長女は大学卒業後、日本の監査法人に4年半勤務して渡米、米国の企業で揉まれながら恋したニューヨークで将来の夢を追っている。次女は桐朋学園でバイオリンを専攻、卒業後はボストンの『バークリー音楽院』に留学してジャズバイオリンを専攻した。卒業後はニューヨークに居を移し、演奏活動を続けている。

2020年、共に滞米10年を超えた。長女は、2021年に渡米以来の体験を綴った著書『ニューヨークで学んだ人生の拓き方』をキンドルから発刊した。より滞米歴の長い次女は、英語が日常語というまでに米国へ同化してしまっている。

インターネットの進化もあり、ニューヨークとの心理的距離は短くなっている。娘たちとの会話は、当初スカイプを利用していたが、今はラインを利用している。長話をしても通話料は無料、顔を見ながらの会話も出来るので遠く異国にいるという感覚は薄い。ネット時代の急速な進化を娘たちとの会話で享受している。

掲句外の句に、「神在るも在らぬも初日昇りけり」がある。

洋梨の女性名詞である形

洋梨と言えば〝ラ・フランス〟と言われるほど、数ある品種の中では最もよく知られている。日本に渡来したのは明治時代と意外に早い。山形県が日本のシェアの約80％を生産している。とは言え、日本で馴染みになったのは近年のこと。仏語では女性名詞で、女性の体型に擬えて語られたりすることがある。

年新た未知の己に出逢ひたし

年が改まると『よし今年は！』という前向きな気持ちになる。若い頃から興味に任せて色々なことに手を出してきた。意欲的、多趣味と言えば聞こえはいいが、好奇心と欲張り根性が強いのだろう。まだ何か自分には未開拓のものがあるのではと思ったりする。年初ということで意欲的な気持ちになり、やる気を奮い起こされるようだ。

筆始め子らは紙幅に囚われず

子供たちの既成概念に囚われない伸びやかな感性に羨望を感じることがある。妻は長年、長女を通して知った「子供地球基金」というNPO法人の活動に共感してボランティアをしている。

同法人の主宰者は、「ノーベル平和賞」の候補にノミネートされたこともある鳥居晴美さん。戦災や災害で苦しむ世界の子供たちを、彼らが描いた絵を活用して救済するという活動を中心に据え、長年にわたって活躍を続けている。

かってのチェルノブイリの原発事故で被災した子供たちをはじめとして、事あれば世界中何処へでも飛んで行く、素晴らしい行動力の持ち主。その地道な活動に助けられ、心癒されている国内海外の子供たちは多い。

国も政情も生活環境も異なる子供たちが描いた絵は、自由な描線と豊かな色彩が魅力的で魅せられる。時には心の傷を感じさせる絵もあって、心が痛むことがある。絵の持つ力、描くことの本質を問いかけられるような思いがして、暫し見入ってしまうことがある。

それらの絵は、2021年現在、インスタグラムのkidsearthfundgalleryに随時掲載されている。純真、純朴、大らかで自由奔放な子供たちの豊かな感性に触れられるので、いつもながら楽しみに観ている。

第十四章　青山何処にもあり

春愁や息するもののみな哀し

春、自然界は長い冬の抑圧から解放されて生き生きと生気を取り戻す。けれど、その生命感に溢れた情動に乗り切れず、何か物憂い心的情態に人を留まらせる。また、ふっと物思いに耽らせたり、焦点の定まらない憂鬱な憂いに浸らせる季節でもある。命あるもの、生きるものへの共感は、そのまま生きることの哀しみや憂いの情感となって人を包みこむ。

春、人は自然界と不即不離の存在であることを知る季節でもある。木々が芽吹き草花が花を付ける、生命感に溢れた季節であるからこそ命の哀感までをも感受するのかもしれない。

落ち葉踏む従弟の骨の音すなり

弟のように思っていた従弟が40代の若さで亡くなった。闘病中からその日を覚悟させられていた。

大学時代には、オートバイで東京から北海道まで旅するほど活動的で、病魔の影など少しも無かった。共に姉妹だけの男一人という家庭環境だったことで親近感を感じながら育った。

葬儀場で骨を拾った。最後に係員が手箒で骨を集め、骨壺に砕いて詰める音が記憶に残っている。彼の幼少期からの思い出と共に消えることがない――。

『七人の侍』は死す走馬燈

黒澤明監督の『七人の侍』は何度も観た。

初公開は1954年4月。七人の侍が野武士の集団から村人を守る物語だ。七人の侍役は、加東大介（'75）、木村功（'81）、志村喬（'82）、宮口精二（'85）、三船敏郎（'97）、稲葉義男（'98）千秋実（'99）。（　）内は没年。

因みに黒澤監督は('98)年没。時代の歯車はゆっくりと、いや急速に回っている。そして誰もいなくなった――。

冬の日の入る如人の逝きにけり

リタイア後数年経ったある日、仕事で付き合いがあった友人から電話があった。お互い無沙汰を詫びつつ話が弾んだ。話の中で、実は近々に頭皮に出来ている腫瘍を取る手術をすると聞かされた。大事ではない様子の明るい口調だった。ところが、2ヶ月もしない内に夫人から〝夫逝去〟の葉書が届いた。思いも掛けない突然の死、それも人の命の現実と受け止めるしかなかった。

人群れの友連れ去りぬ師走駅

大学時代の友人が岡山から上京して来た。卒業後彼は地元の放送局に就職した。2019年暮、『上京するので会いたい』と突然電話があった。卒業以来、年賀状での交流は続いていた。30年振り、駅頭での待ち合わせには不安はあったが、すぐに彼と分かった。近くの喫茶店で近況を語り合う中で病いを克服したと言いつつも、何か懸念がありそうな口振りが少し気に掛かった。

改札口での別れ際、彼はホームへ急ぐ人群れの中に紛れるまで幾度も振り返り、手を振り続けながら去って行った。

花待たず母待つ黄泉へ父急ぐ

平成12年3月、父は92歳の天寿を全うした。葬儀の喪主挨拶で掲句を披露しながら父を語った。母は昭和52年6月に65歳で逝った。36歳の時だった。癌との長い闘病の末の死だった。死際に立ち会い、なす術がない無力感に襲われた。生前の春、桜が満開の頃に病院の母を見舞った時のことだった。『窓から一本の桜も見えないのよ・・・』という呟きが心に残った。

父の葬儀の日、故郷は桜の開花にはまだ少し早かった。

ちちははの旧墓の跡や初嵐

古希を機に郷里の結城にあった父母の墓を東京郊外の霊園に移した。それまで彼岸や盆の墓参は車で通っていた。渋滞すると3時間超掛かる。自分たち夫婦の年老いた時のことを考えずにはいられなかった。

思いは交錯したが墓を移す決断をした。旧墓は現状復帰の上、寺に戻した。その時、〃更地〃になった旧墓に立った。〃人間到る処青山あり〃の思いがあった。新たな墓の地が、自分の青山になるという思いと共に、さらば故郷という思いが湧き上がるのを感じないではいられなかった。

両親の墓を移したことで郷里との繋がりが弱まってしまったような気持ちになった。多感な少年時代を過ごした地とは言え、その年月を数えてみると12年でしかない。思いの外の短かさに今更ながら意外に思えた。同時に、年数だけでは計れない幼少期の重みのようなものを感じないではいられない。どのような状況であれ、故郷はほぼ絶対的な地として存在し続けるに違いない。

掲句外に館山吟行の「日蓮の渡りし海や初嵐」がある。

花と海我が青山の高みより

定かに覚えていないが高卒後就職で上京することが決まった頃のことだった。〃人間到る処青山あり〃という詩が心に触れた。江戸幕末期の尊王攘夷派の僧、釈月性の漢詩に由来する、改めて確かめてみると、詩の全文は次のようなもの。

男児志を立てて郷関を出ず
学若し成る無くんば死すとも還らず、
骨を埋むる豈に惟だ墳墓の地のみならんや
人間到る処青山あり

覚えていた詩とは多少字句の違いはあったが、詩の本意は何も変わらない。

故郷ばかりが墳墓の地ではない

人間の活動できる所はどこにでもある

望を達するため故郷を出て大いに活動すべき

というのが大意（広辞苑による）。特に心に触れたのは〝人間到る処青山あり〟の一節だった。就職で上京を控えた頃の心境に共鳴するものがあった。

自分にとって、この言葉は人生観の如く心に深く定着している。勿論、1962年（昭和37年）の〝決断の時〟にも繋がる言葉でもある。

既に自分の墓は西の東京郊外、近景に桜が、遥か遠景には横浜の海が望める高台の地にある。

終　章　継続するは力なり

元号を三代生きて朧なり

2019年5月1日、元号が令和に変わった。

天皇は上皇に、皇太子が天皇に即位した。

昭和16年（1941年）2月5日、開戦の年の立春の日の夜に生まれた。その10ヶ月後の12月8日に太平洋戦争が始まる。戦争の記憶は幼児期だったこともあり、終戦間近の本土空襲の空襲警報以外、記憶らしい記憶はない。

昭和から平成への改元時（1989年）は47歳だった。その改元前年の昭和64年に、掲句外の一句「現し世のおぼろおぼろの髑髏」を詠んだ。

この句を意識することなく令和元年（2019年）の78歳時に掲句を詠んだ。図らずも3代の世を通しての思いの中に、また、生きることの思いの中に〝朧〟が通奏低音になっているのかもしれない。

敬老の日の夢道に迷ふ夢

よく見る夢がある。道に迷う夢だ。目的地は一度行ったところが多いが、いつも迷ってしまう。彷徨えども既視の風景に出会えない、あてもなく彷徨い続けるという夢が多い。ストーリーは一様ではない。一貫しているのは迷い彷徨うこと。

敬老の日にも道に迷う夢を見た。道は人生の暗喩とも言える。そうだとしても、迷っているほどの人生は残されていない・・・。

ながながと開戦記念日老ゐの愚痴

昨今の若い世代には、かって日本がアメリカと戦争をしたということを知らない者もいるという。そんな時代だから、12月8日の開戦記念日はほとんど意識に上ることもなく、言葉だけのものになってしまっている感がある。

開戦の年の2月に生まれたので、誕生日と関連して開戦記念日は忘れることはない。記憶が残り始めた4歳半ばが終戦となれば、戦中の記憶はほとんど終戦間近の頃のものしかない。

同世代の友人と太平洋戦争の話になると、終戦後の食糧難の記憶に始まり、開戦に走った軍部の愚行にまで話題が及んで長々と続くことになる。

地球発終末時計あと2分

運命論者を自認している。確たる根拠はないが、2030年までに日本はコロナどころではない国難に見舞われると思っている。

人類の終末を午前0時に擬えて、その終末までの残り時間を象徴的に示す時計がある。それは〝終末時計〟と言われている。

1947年の〝終末時計〟創設以来、終末時間が終末の0時に最接近したのは1953年だった。アメリカとソ連が水爆実験に成功、冷戦下の世界情勢を反映して〝終末時計〟は残り2分に迫った。

その時以降の注目される最接近は、2018年で同じ2分前になった。北朝鮮の核開発による核戦争への懸念があってのことだ。

ところが2020年の1月に〝終末時計〟は1分40秒と2分を切った。〝終末時計〟創設以来の記録的な最接近となった。終末論者を自認し、常々公言している者にとって、今更という思いがしてそのインパクトは大きくなかった。

だが、世界戦争、核の危機、中世ヨーロッパの黒死病の再来を思わせるコロナのパンディミックな猛威、富士山大爆発や大地震の予兆など〝終末時計〟が示すリアリティは一段と高まっている。温暖化もその一つに数えられる。何より、自然界、人間界に終末的な端緒を思わせる出来事が地球規模で起こり始めている。否定出来ないその不気味な動きがいっそう気になる。

掲句は無季で、「地球」が天文の項での季語になっている。

永劫の命など無し年惜しむ

2021年2月に傘寿を迎えた。そこから先の運命は知る由もないが、一層身体の衰えを実感する日々になることは予測出来る。

晩年、ダ・ヴィンチは、『レオナルドよ、お前は何をなしたというのか』とたびたび自問していたという。人は人生の残り時間を思う時、過去を振り返り、生きた確かな証しを確認したいものなのかもしれない。

2020年5月25日にダ・ヴィンチの生涯を辿る旅に出るはずだった――。

出生地のヴィンチ村から終焉の地フランスのアンボワーズへと辿るはずだった。フィレンツェを振り出しに、ミラノを中心にして北イタリア・ウンブリア州の10数の町や村を1ヶ月余り掛けて巡る、長期間の旅になるはずだった。

この計画の5年前(2015年)、トスカーナ地方を巡った旅でヴィンチ村を訪れている。その時、ダ・ヴィンチの生家で覚えた〝不確かさ〟、それはここが本当に彼の生家なのか、という漠とした疑念だった。やがて、その疑念は彼の幼少期への関心となり、2020年の旅の計画へと繋がっていった。

それまでに目につく範囲で読んだモナ・リザ本に加え、内外のダ・ヴィンチに関連する本を読み重ねるうちに、ダ・ヴィンチが辿った生涯への理解が深まって行った。同時に、今回の旅の腹案が次第にまとまっていった。

その過程で特に重点を置いて調べたのは、記録がほとんど無く、謎も多いダ・ヴィンチの幼少期だった。謎には仮説を立て自分なりに納得出来る推論を組み立てるしか無い。その結果は、所詮自己満足にすぎないが、絵を描く者として次第に旅の狙いが定まっていった。

それはダ・ヴィンチが立ったであろう現地を踏み、500年余の年月が経つとはいえ、彼が見たであろう風景を見定め、それを絵として表現することにあった。

「レオナルド・ダ・ヴィンチが見た風景」として――。

ヴィンチ村の城楼から眺めた村の中心地と郊外風景。
目の前の尖塔は、ダ・ヴィンチが洗礼を受けた教会

ビンチ村の中心地から4㌔ほどの村アンキアーノにある
ダ・ヴィンチの生家と言われる石造りの簡素な農家屋

ダ・ヴィンチの出生地アンキアーノからヴィンチ村へ下る
野草咲く小道。その途上から村の全景を望むことが出来る

彼が残した風景画と言えるものは一点しかない。20歳の時に描いた小さなスケッチ画だ。多くの学者、研究者が推断している説は、その描かれている風景の多くの部分は、彼のイメージによって描かれているということだ。モナリザの謎と共に決定的なその場所を求めて、研究者たちはダ・ヴィンチの足跡を辿り、描かれた場所を今も探し求めている。

その謎解きは研究者に任せ、俳句に一区切りをつけた今、〝ダ・ヴィンチが見た風景〟を求め、そして描く旅に出たいと思っていた。

ところが5月の出発を前に、予約や調べものなどが最終段階になっていた2月、中国・武漢を発生源とされるコロナウィルスの感染が広がり始めた。たちまち、ウィルスはシルクロードを東から西へと伝播、イラン、イタリア、そしてヨーロッパ全土へと急速に拡まっていく事態となった。

3月上旬には、旅の中心的なエリアである北部イタリア・ウンブリア州の状況が極度に悪化しはじめた。状況に一段と陰りが出る中、その時点ではコロナの影響を懸念しながらもまだ一縷の望みは持っていた。

だが、中旬になりイタリア全土に「移動禁止令」が出るに及んで、着々と準備を進めていた旅を断念するしかないと判断した。

3年ほど前から準備を始め、2019年秋から航空券や宿、現地に行ってからでは難しい入場券の手配などなど、順次予約を入れ始めていた。

一方、旅のポイントになる2つのエリアでは、効率的に巡るためインターネットを駆使して助けとなる相応しい人を探し、案内役をお願いしていた。そんな中でのコロナウィルス禍だった。

実はこの旅の中止は前年に続く再度のものだった。前年も同じ5月下旬の出発だった。ところが、4月上旬に胸椎の圧迫骨折を起こし、全治3月の宣告を受けてしまった。ほとんどの予約は済んでいたが、目前で断念する破目になった。

そして今年である。『なんということか!』という思いと共に、何か運命的なものさえ感じてしまった。年一年と身体の衰えを意識させられている昨今、先々の計画にも影響する止む無い中止となった。まさに〝年惜しむ〟の心境だった。

運命論的に考えればこれも与えられた必要な時間、より一層の旅の充実を図るための天与の時間と前向きに考えることにした。

その予想外の時間がもたらすものに期待しながら、すべては〝ダ・ヴィンチの思し召し〟と受け止めることにしている。

去年今年メメント・モリの日々生かむ

2020年はコロナ禍で明けコロナ禍で暮れた一年だった。師走の12月8日、夜明けに目覚めてしまい、暫しまどろみながらあれやこれや思いを巡らせていた。10月末の個展の会期中に腎臓結石が動き出し、人生で初めて救急車に乗る羽目になった。更に悪いことに翌日ギックリ腰を起こし、前年起こした第12胸椎の圧迫骨折の痛みを誘発、寝返りもままならない痛みに1ヶ月余り悩まされ続けた。弱り目に祟り目の状態ですっかり体調を崩してしまったが、12月に入って次第に痛みから開放されるに従い、いつもの日常的な営為に気持ちが向くようになった。

そんな日々の中にあった12月8日は開戦記念日でもあった。明けてゆく朝の光に覚醒した脳が動き出し〝生きるとは誕生と死の間〟という想いの中で〝メメント・モリ〟の言葉が浮かんだ。そして生まれたのが掲句だった。171句中の最新作、一足早い2021年の新年句になった。

〝メメント・モリ〟はラテン語の格言で「自分がいつか死ぬことを忘れるな」という意味の警句。1962年の生死を分けたかもしれない体験以来、人生訓として深く心に刻まれている。その体験の詳細は、50ページの「友逝けり轍の先の草の花」の句のところで触れている。

さしたる根拠があるわけではないが、一層効果的なワクチンが生まれたにしても、コロナの災禍は2022、3年頃までおさまることなく続くのではないかと推測している。戦争とも言える災禍だと思っている。死の危険度が高い年齢の身にとって〝メメント・モリ〟は一段のリアリティをもって迫る警句になっている。

あとがき

編集者として、40、50代はとりわけ多忙で充実した年月でした。多様なテーマの取材と編集業務に追われる日々でした。その様な日常の中で、俳句は一種の気分転換として親しんでいたような気がします。文章を書くための、言語感覚を鍛えるための修練になればといった思いもありました。

俳句を始めたのは47歳（1988年）の時でしたから、遅いスタートでした。その日から32年間、メンバーにマスコミ関係者が多い『粗々会』という俳句の会に加わり、作句を続けて来ました。

2021年2月に傘寿を迎え、未整理のまま積もっていた自作の句を整理し、まとめてみようと思い立ちました。年ごとに強まる老いの実感もありますが、直接的な動機は『粗々会』が2019年12月に終幕を迎え、解散したことにありました。中心的メンバーの逝去や高齢化が要因でした。

レオナルド・ダ・ヴィンチは晩年、『お前はいったい何を残したというのか』と、たびたび自問していたといいます。その言葉に倣って、『お前はいったいどんな俳句を残したというのか』と自問してみました。

自らの句を選ぶ過程で、幾度も全句を通読して思ったことは、これは自分にとって身辺雑記のようなものとは言え、死生観や内面の思いに裏打ちされた句も多くあり、いわば「私小説」のようなものではないかということでした。

俳句とは四季折々の自然を、日常生活の断章を、心に触れた思いを17文字で織り上げた文芸だと思っています。勿論、そこには自らの世界観、人生観が背後にあって、句に反映されていることは言うまでもありません。

いざ自らの句を〝まとめる〟となると、様々な思いが交錯しました。原則、俳句は十七文字で完結しています。それらの句を一冊の本にまとめたものは、「句集」と呼び慣わされています。まず自分にとって、「句集」とはどう在ることを望んでいるのか、と自問することから始まりました。それはまた、自分にとって俳句とは何なのか、何だったのか、遅ればせながら改めて向き合って考えてみる機会でもありました。

俳句を始めてから今日まで32年余りが経っています。決して短くない年月だと思うのですが、のめり込むほどの情熱や想いがあってのものではありませんでした。若い時にはドキュメンタリーを書くという思いはありましたが、結局一編の作品も書いていません。俳句もまた、手応えを感じるような句が出来ないまま今日まで来てしまいました。日々の編集業務の魅力を超えて、それらに賭ける強い思いや情熱が欠けていたと言えるかもしれません。

これまでに詠んだ700句にも満たない中から、171句を選句することは思ったほど難しいことではありませんでした。ほとんどは『粗々会』あっての作句で、自発的なものでは無かったことに起因しています。日々俳句に浸り、精進し、作句に努めるほど俳句に囚われていませんでした。それは、結果的に自分なりに納得出来る句が多くなかったということにも繋がっています。

ところで自選句の数が171句と中途半端な数ですが、実を言えば、俳句を借りて「身の丈」の自分を語りたいという思いを込めたつもりの数字です。実際には、少々「身の丈」を超えてしまっている数字ですが(笑)。とは言え、都合よく「思いの丈」までは自己表現出来ていないように思います。

ただ、選んだ171句の一句一句に添わせた文章には、ある日ある時の自分の物の見方、考え方、生き方や自然観を、また喜怒哀楽の思いを刻んだ個人史的連続性を持たせたつもりです。「俳句を利用して自己を語る私小説」、それが何より、「俳句の集成としての句集」という形を破りたいという拙著の目的でもありました。自己満足的な挑戦と言ってもいいかもしれませんが――――。

そのような想いで1771句を選びつつ、また一方では「私小説」を意識しながら、改めて一句一句と向き合ってみました。そして句の背後にある眼差しや感懐を、時には遥か彼方の記憶を呼び戻しながら湧き上がる思いと共に文章にしてみました。特に俳句の背景にある思いや記憶の強かった句では、より意識的に私小説を気取ってペンを走らせたため、際立って紙数が多くなってしまったところがありました。

俳句は17文字で表現されたものが全てで、そこにはなんの注釈も説明もいらない、全ては鑑賞者に預けるという考え方があります。そのような俳句の世界ならではの考えに立てば、その集成に、完結している句に、説明ではないとは言え、何らかの文章を付すのはいわば邪道と言うことになるかもしれません。

俳句を表現手段の一つと考えれば、文芸的表現としての地平が拓けるのであれば、単に句を集成した「句集」とは違った、拙著のような形を取ったものがあっても良いのではないかという勝手な思いを持っています。自分なりの実験的試みという思いもあります。

人一人が生きるということは、その年月の長短に関わらず〝生涯〟というテーマを生きることだと思っています。その人生を生きる中で生まれた折々の17句の俳句は、ある日ある時の自分の人生の一コマ一コマを表現したものであるとも思っています。

自選句を幾度も通読するうちに、計らずも記憶が残りはじめた日から現在に至るまでの日々の記憶の断片が、生き生きと、また懐かしく蘇って来ました。

極めて荒削りで半端なものですが、まぎれもなく「私小説」ではないかという自画自賛的実感が強まりました。17句を前に、記憶の果てから思い出を呼び戻すうち、気持ちが素直に開かれていくのを感じました。たかが17句、されど17句という思いです。

俳句を自己流で愉しむ一方、55歳で初めて油絵の絵筆を取りました。以来、俳句と油彩画との相性がよかったようで、上手に干渉仕合いながら続けることが出来ました。油絵も俳句同様に自己流を通して来ましたが、俳句との関係では良縁を得たという思いがあります。経験的に俳句と絵画は相性が良いのではないかと思っています。優劣論ではなく、実体験としてどちらかと言えば絵画が俳句に与える影響の方が大きいように感じています。ダ・ヴィンチは、〝詩は文字で書いた絵画だ〟と言っていますが、俳句も同様に文字で表現した絵画という言い方が出来るのではないでしょうか。

俳句ではよく、「風景の大きな句」と言う評を耳にします。また、「色彩豊かな句」と言う評価のされ方もあります。どちらも、絵画表現との比較が背景にあってのことだと思います。

油彩画を始めてから、「俳句に於ける絵画表現」ということを強く意識するようになりました。時に俳句を絵的にスケッチして作るようになった気がします。自分では絵画と俳句の詩的コラボレーションと呼んでいます。極めて未消化なきらいはありますが、拙書ではその考えも取り入れてみました。

拙著に挿入した絵はほとんど60代に蓼科で描いたものです。俳句をやっていた年月と全て重なっています。俳句とは直接に関係のない絵ですが、その風景から紛れもなく掲句が生まれているのも事実です。俳句と絵画、さらには文章を手掛かりに想像の翼を広げていただけたら、拙著にとって願ってもない喜びです。

最後に、これまで邂逅した全ての方々に感謝したいと思っています。自分の人生は一期一会の人を含めて、数知れない人との出会いと別れがあってのものと思っています。けれど、私小説を謳いながら触れないことを選択した人生の一時期があります。それは自分なりの納得と節度ゆえのことです。

後悔したくない、後ろは振り向きたくないという思いで生きてきました。改めてこれまでの人生を振り返る時、「運命《さだめ》という未来」を生きてきたことを実感するばかりです。

そうした思いと共に最も身近なパートナーとして、誰よりも長く苦楽を共にしてくれた妻に、心からの感謝と愛を込めてこの書を捧げたいと思います。

須能紀文（雪文）

2021年10月

充実した一日が幸せな眠りをもたらすように、
充実した一生は幸福な死をもたらす。
レオナルド・ダ・ヴィンチ

運命《さだめ》という未来　自選171句の私小説

2021年10月1日　第1刷発行

著　者　須能紀文

発行所　株式会社エコー出版
東京都昭島市東町1-16-11
〒196-0033
☎042-524-8181

印刷所　株式会社内田平和堂
東京都調布市東つつじヶ丘1-17-2
〒182-0005
☎03-3300-7301

製本所　株式会社井関製本
東京都三鷹市井口2-12-25
〒181-0011
☎0422-31-0311

Norifumi Sunoh 2021 Printed in Japan ISBN978-4-910307-14-5